Goldmann Science Fiction

Von Richard Cowper
sind außerdem im Goldmann Verlag lieferbar:

Dämmerung auf Briareus. 23228
Gefährliches Paradies. 23185
Zwei Welten – ein Gedanke. 23204
Die Zeitspirale. 23244

RICHARD COWPER

Am Tor der Dämmerung

THE ROAD TO CORLAY

Science Fiction-Roman

Deutsche Erstveröffentlichung

Wilhelm Goldmann Verlag

Aus dem Englischen übertragen von
Tony Westermayr

Made in Germany · 4/79 · 1. Auflage · 1110

Umschlagentwurf: Creativ Shop, A. + A. Bachmann, München
Umschlagfoto: Agt. Schlück, Garbsen
Gesamtherstellung: Mohndruck Reinhard Mohn GmbH, Gütersloh
Verlagsnummer 23301
Lektorat: Melanie Berens · Herstellung: Lothar Hofmann
ISBN 3-442-23301-1

Anmerkung des Verfassers

Diese Geschichte verdankt ihre Entstehung einer Novelle, die ich vor drei Jahren geschrieben und ›Piper at the Gates of Dawn‹ (dt. ›Morgendämmerung‹ in Richard Cowper, ›Die Zeitspirale‹, SF Bandnummer 23244, Goldmann Verlag, München) genannt habe. In den letzten Monaten des Jahres A. D. 2999 im Norden Englands spielend, erzählte sie die Geschichte des dreizehnjährigen musikalischen Wunderknaben Thomas (der Flötenspieler der Geschichte), beschrieb seine Reise nach York in Begleitung seines Onkels Peter von Hereford, des alten Geschichtenerzählers, und endete mit seinem Märtyrertod in den Händen der Militanten Kirche. Diese Erzählung sollte eigentlich hier als Prolog zu der folgenden stehen, denn aus Toms frühzeitigem Tod entsprang der Glaube der ›Bruderschaft‹ und die Verehrung des mystischen ›Weißen Vogels‹.
Die vorliegende Geschichte, die zum größten Teil im Jahr A. D. 3018 spielt, nimmt den Handlungsfaden von ›Piper at the Gates of Dawn‹ dort auf, wo der Kult der ›Bruderschaft‹ als ernsthafte Bedrohung der Macht der Kirche angesehen wird.

R. C.

I

Es war Jonsey, der ihn als erster sah, ›Einauge‹ Jonsey, dessen einziges Auge, so hieß es, mehr und weiter sehen konnte als die beiden guten manch eines anderen Küstenbewohners. Drei Stunden auf Fahrt von Neu-Bristol auf der langen Strecke zur Straße von Taunton erregte und fesselte ein Schneeflockengestöber von Seevögeln die Aufmerksamkeit dieses einen scharfen Auges, als Jonsey im Bug der ›Kingdom Come‹ kauerte und geteerte Korkschwimmer am Wadenetz befestigte. Über dem Senken und Heben der April-See, wo die träge Ebbe der Kabbelung vor Blackdown Head begegnete und das verwirrte Wasser in alle Richtungen auf einmal stürzte, wurde ein dunkler Punkt gerade lange genug auf der Schulter einer Welle hochgehoben, daß Jonsey aufsprang und seinem Bruder Napper am Ruder etwas zuschrie.

Der junge Napper beschattete die Augen vor der schimmernden See-Glast und stemmte sich, den Anweisungen seines Bruders gehorchend, gegen die schwere Eichenpinne, um den Bootsbug hart in den scharfen Ostwind zu drehen.

»Was ist es?« brüllte er.

Jonsey war auf das Schandeck geklettert und hielt sich mit dem rechten Arm an einem Stag fest. Das geflickte braune Hauptsegel flatterte hinter ihm, und die Schatten der kreisenden Möwen huschten auf dem schwankenden Deck hin und her. Sein einzelnes graugrünes Auge suchte die Wasseroberfläche ab. Plötzlich riß er den Arm hoch und zeigte zur fernen Küste von North Dorset hinüber.

»Da!«

Napper kam mit dem Ruder auf, das Hauptsegel blähte sich wieder, und das Boot trieb langsam in Richtung von Jonseys ausgestrecktem Arm. In wenigen Minuten waren sie nah genug herangetrieben, daß Napper den Kopf eines Mannes erkennen konnte, der über der Holzplanke hing. Die Oberarme des Mannes waren gefesselt. Napper manövrierte das Boot im Kreis und ließ es vor dem Wind zurücktreiben, bis das Ende der Holzplanke an die Leeseite des Bootes stieß und Jonsey eine Leine um den Körper des Mannes legen konnte. Während Jonsey hievte, verließ Napper das Ruder, beugte sich hinaus über die Bordwand und sägte die Hanffesseln mit einem Ausweidemesser durch. Gemeinsam zogen sie den durchtränkten Körper an Bord.

Sie drehten ihn um, so daß er mit dem Gesicht nach unten auf einem Stapel Netzen lag, dann kehrte Napper ans Ruder zurück und brachte die ›Kingdome Come‹ zurück auf Kurs. Jonsey nahm seine Arbeit an den Schwimmern wieder auf, schaute sich in Abständen aber immer wieder nach dem tropfenden Leichnam um, fragte sich, wer das sein mochte, warum er so weit draußen in der Somersea trieb, und weshalb die Möwen die Augen unberührt gelassen hatten.

Unter dem offenen Mund des Leichnams bildete ablaufendes Wasser eine anschwellende Pfütze. Als das Boot krängte, lief die Pfütze über und rann zum Speigatt. Jonsey sah das Rinnsal an der Hand des schlaffen linken Armes vorbeimäandern, und während er beiläufig hinblickte, krümmte sich langsam einer der Finger des Toten. Die Bewegung war so gering – kaum von Nagelbreite –, daß Jonsey einen Augenblick lang seinem einen gesunden Auge nicht traute. Dann bewegte er sich wieder. Der Küstenfahrer sprang mit einem Fluch auf, setzte sich rittlings auf den Rücken der ›Leiche‹ und begann mit ihren Armen auf- und abzupumpen, während er gleichzeitig den Körper am Brustkorb hin- und herwälzte.

Napper verfolgte von seinem Platz am Ruder aus das Verhalten seines Bruders mit Verblüffung.

»Du bist verrückt!« rief er. »Er ist so vollgepumpt, daß er nicht einmal geblutet hat, wo ich ihn mit dem Messer verletzte!«

»Könnte noch ein Funke dasein«, keuchte Jonsey. Er hörte auf zu pumpen, kippte den Körper auf die Seite und riß die Verschnürung des durchtränkten Lederkollers auf. Dann preßte er das Ohr an die kalte Brust, lauschte, schüttelte den Kopf, schob mit dem Daumen ein Lid hoch, um einen Augapfel freizulegen, der so blind aussah wie ein geschältes Ei, und schließlich begann er weiterzupumpen.

Zehn Minuten später hörte Napper einen Triumphschrei.

»Er lebt, Junge! Jedenfalls schlägt sein Herz.«

Jonsey richtete sich auf, wischte sich den Schweiß von der Stirn und kletterte hinunter in den Schiffsraum, um einen Augenblick später mit dem Ersatz-Focksegel unter dem Arm wieder aufzutauchen. Er eilte zu dem Bewußtlosen und wickelte ihn in das Segeltuch. Gewiß, daß er alles getan hatte, was er konnte, kehrte er zu seinem Bruder zurück.

Napper drehte das Boot, so daß die ›Kingdom Come‹ durch die Mitte des Kanals auf den winzigen Hafen von Tallon zulief, dem letzten Vorposten auf der Insel Quantock. Fünfundzwanzig Faden unter ihrem Kiel schlummerte die vor langer Zeit untergegangene Stadt Taunton unter ihrer tausend Jahre alten Bettdecke aus rotem Schlick. Der Himmel über Exmoor war ehrenpreisblau, und der Wind aus Salisbury wehte scharf mit der Ankündigung des Frühlings am 12. April des Jahres A.D. 3018.

Jonsey nahm seinem Bruder die Großschot aus der Hand und schüttelte mehr Tuch aus.

»Was hältst du davon?« fragte er und wies mit einer Kopfbewegung auf die eingehüllte Gestalt. »Die Taue hat er nicht selber angebracht, oder?«

Napper nickte.

»Du meinst, er stammt von einem Wrack?«

»Weiß nicht«, sagte Jonsey. »An den Rippen trägt er Peitschenspuren. Noch nicht so alt, würde ich sagen.«

»Ausgepeitscht und ertränkt!« Napper grinste. »Vielleicht wird uns der arme Kerl nicht dafür danken, daß wir ihn vor den Krabben bewahrt haben. Was glaubst du, wer er ist?«

Jonsey räusperte sich und spie einen Klumpen Schleim nach einer Begleitmöwe. Er wischte sich mit dem Handrücken die Lippen.

»Weiß nicht, wer er ist«, sagte er. »Aber *was* er ist, das ist wieder eine ganz andere Sache.«

»Sprich weiter«, sagte Napper neugierig.

»Ich wette zehn zu eins mit dir, daß er zur Bruderschaft gehört.«

Nappers Kopf zuckte herum.

»Du machst Witze.«

»Ich nicht, Junge.«

»Aber woran merkst du das?«

Als Antwort öffnete Jonsey den Mund, streckte die Zunge heraus und ließ den Daumen an ihre Unterseite schnellen.

»Bist du *sicher*?«

»Schau selber nach. Er hindert dich nicht dran.«

Napper verließ das Ruder, ging nach vorn und starrte auf die bewußtlose Gestalt hinunter. Er sah am Hals des Mannes einen winzigen Puls schwach flattern und bemerkte, daß sich im kurzen, schwarzen Bart ein Fetzen federig-roten Seetangs verfangen hatte. Der Junge bückte sich, legte den Daumen auf das Kinn des Mannes und drückte den Unterkiefer hinunter. Kalte, blaue Lippen und weiße Zähne öffneten sich, um die rosige Zunge freizugeben. Ganz vorsichtig schob der junge Küstenfahrer die Spitze seines Zeigefingers hinter die unteren Zähne, ließ sie unter die Zunge des Mannes gleiten und hob sie an. In der Mitte bis zur Wurzel säuberlich entzweigeschnitten, fiel die Zunge auseinander wie die einer Schlange, und schloß sich wieder, als der Finger zurückgezogen wurde. Napper schauderte plötzlich heftig, richtete sich auf und kehrte ans Ruder zurück.

»O Mann, Jonsey«, sagte er. »Was sollen wir bloß tun?«

»Ihn an Land bringen, Junge. Was sonst?«

»In Tallon?«

»Aye. So gut wie irgendwo anders. Vielleicht besser.«

Napper starrte nach hinten auf das Deck, wo der Mann in seiner von der Sonne aufgewärmten Segeltuchhülle lag, regungslos, aber unzweifelhaft am Leben. Ein grübelnder Ausdruck spannte die sonnenverbrannte Haut um die Augen des Jungen. Wie zu sich selbst murmelte er: »Ich hab' sagen hören, daß sie in Neu-Exeter für einen Lebenden fünf Royals Kopfgeld zahlen.«

»Reizt dich, was?«

»Nicht mehr als die meisten. Aber viel Geld ist es doch.«

»Blutgeld bringt nur Unglück.«

»Heißt es«, sagte Napper. »Aber ich denke mir, in Tallon wird es ein paar geben, die gern das Risiko selbst für die Hälfte übernehmen.«

»Da täuschst du dich«, sagte Jonsey. »Die Leute sind verschlossen, aber keine Aasgeier. Aber wir schaffen ihn trotzdem am besten hinunter, damit ihn keiner sieht. Ich rede mit Pots Thomson, wenn wir anlegen. Er ist bei der Bruderschaft, und wenn ich mich nicht täusche, wird er ihn uns abnehmen. Außerdem brauchen wir gar nicht zu wissen, *was* er ist, oder?«

Kurz nach Mittag schob sich die ›Kingdome Come‹ an den verlassenen Kai vor Tallon. Jonsey kletterte an Land, machte das Boot fest und ging dann die steile Kopfsteinpflasterstraße des Ortes hinauf. Ungefähr zwanzig Minuten später sah Napper ihn zurückkommen. Er kam in Begleitung eines braunbärtigen, massiv gebauten Mannes, der einen langen Fischkarren mit zwei Holzkisten schob. Bei ihnen war eine junge Frau, die einen zugedeckten Korb trug.

Der kleine Zug blieb neben dem festgemachten Boot stehen.

»Ihr kommt wie gerufen, Napper«, rief der bärtige Töpfer. »Wir haben hier zwei Kisten gebrannte Glasur für Sam Moxon in Chardport. Jonsey sagt mir, ihr habt das bestellte Pulver.«

»Aye«, sagte Napper. »Steht schon bereit, Pots. Hallo, Jane. Kommt ihr an Bord?«

Die junge Frau lächelte den Küstenfahrer einen kurzen Augenblick zerstreut an, gab ihm ihren Korb und sprang auf das Deck hinunter. Napper wies mit einer Kopfbewegung auf den Niedergang. Sie nahm den Korb und huschte die Stufen hinunter, während die beiden Männer sich den Kisten zuwandten.

Die zweite Kiste war kaum an Bord, als die junge Frau wieder auftauchte. Sie atmete tief ein und schüttelte den Kopf, daß das kurze, schwarze Haar um ihr blasses Gesicht schwankte. Pots trat auf sie zu.

»Also, Mädel«, murmelte er. »Ist er es?«

»Ich weiß nicht, Pa«, sagte sie. »Ich kann ihn nicht erreichen. Wir müssen ihn heimbringen.«

Die Männer tauschten Blicke, und Pots sagte: »Was heißt, du kannst ihn nicht erreichen?«

Sie zuckte die Achseln und strich sich die Haare aus dem Gesicht.

»Es geht einfach nicht. Er ist unzugänglich und« - sie zögerte und runzelte die Stirn – »ich weiß nicht. Irgend etwas stimmt nicht mit ihm – verworren – wie benebelt – alles unergründlich. Vielleicht, wenn er zu sich kommt –«

Pots kratzte sich am Nacken und schaute sich nach den leeren Fenstern der Häuser am Wasser um. Es war die stille Zeit des Tages, aber er wußte, daß ihn trotzdem neugierige Augen beobachten würden.

»Das Material, das Ihr für mich habt, Jonsey«, sagte er nachdenklich. »Ist es in Säcken oder was?« Er sah den anderen prüfend an.

»Vier kleine Säcke und eine Kiste«, sagte der Küstenfahrer.

»Wenn wir ihn fest verpacken, hätten wir also Aussicht, ihn zusammen damit wegzuschaffen. Ihr helft uns doch hinauf damit?«

Die beiden Brüder sahen einander an, zögerten und nickten schließlich.

Pots bemerkte das kurze Zögern und grinste.

»Ich sorge schon dafür, daß ihr für eure ganze Mühe um einen Royal verlegen seid, Leute. Und ihr eßt einen Bissen mit uns. Mehr kann ich nicht tun.«

Die ›Kingdom Come‹ stach mit der Vier-Uhr-Flut wieder in See, die Besatzung um ein Goldstück und ein behagliches Gewissen reicher. Als sie Kurs auf den Hafen von Chard nahmen, gute vierzig Kilometer südöstlich, waren Jonsey und Napper um keinen Deut klüger, was die Frage betraf, wie der Mann in die Somersea gelangt war, denn als sie sich von dem Töpfer verabschiedet hatten, war der Mann noch immer ohne Bewußtsein gewesen. Die Neugier bedrängte sie aber nicht im Übermaß. Es gab A.D. 3018 viele Dinge, die nicht zu wissen sicherer war.

Der halb Ertrunkene lag nackt unter grauen Wolldecken im Hinterzimmer des Töpferhauses, kalt wie ein Fisch trotz der drei im Ofen gewärmten Ziegel, von der Frau des Töpfers in Flanellappen gewikkelt und ins Bett gelegt, einen an die Füße, je einen auf beiden Seiten seines Brustkorbs. Nur das schwache Beschlagen eines vorgehaltenen Spiegels verriet, daß er überhaupt atmete.

Das Mädchen kam ins Zimmer, zog einen Hocker heran, setzte sich und starrte in das maskenartige Gesicht. Dann beugte sie sich vor, so daß ihre Lippen kaum zwei Zentimeter von seinem Ohr entfernt waren, und flüsterte drängend: »Bruder. Bruder, hört Ihr mich?«

Es gab keine Reaktion. Sie richtete sich auf, verflocht die Finger ineinander und senkte für eine lange Minute den Kopf. Dann seufzte sie tief, beugte sich wieder vor, legte die rechte Hand auf die kalte Stirn und schloß die Augen.

Stille sank auf das Zimmer herab wie Zwielicht, als sie langsam mit ihm in die Dunkelheit tauchte, wie ein Karpfen in einen tiefen Teich. Mit den gespreizten Fingern ihres Gemütes schwamm sie durch die verhüllenden Nebel, bis endlich an den Rändern ihres Bewußtseins trübe Ausläufer seiner Erinnerung zu flackern begannen – terrassenförmige Würfel übereinander mit leuchtenden Fenstern, in jedem ein sich windender Lichtwurm; das sorgenvolle Gesicht eines Mannes in nächster Nähe; ein quadratisches, weißes Gebäude, aus großer Höhe gesehen, wie von einem Vogel; ein Mädchen mit roten Haaren und nackter Brust, das zu ihm hinablachte; und ein endloser, wirbelnder Tunnel wandernder Schatten, aus dem das schwache Echo eines Flüsterns drang: ›*Carver*‹. Aber es war alles so verschwommen, wie eine Kerzenflamme im Luftzug flackernd, und sie war im Begriff, sich erschöpft und bedrückt zurückzuziehen, als plötzlich eine ganze Flut starker, greller Bilder in ihr Bewußtsein stürzte; der Sichelmond, durch zerfetzten Wolkentang rasend; Seevögel, die sie schreiend umkreisten; eine Gruppe von Männern, Frauen und Kindern mit lachenden Gesichtern, die heranliefen, um sie zu umarmen; und ein alter Mann mit weißem, winddurchwehtem Haar hob eine Hand, die im Sonnenschein naß glänzte, als sie auf ihre erhobene Stirn das Zeichen des Vogels zeichnete. Der Glanz dieser letzten Vision war so stark, daß sie laut aufschrie und die Augen öffnete. Dabei spürte sie, wie der Mann sich unter ihrer Hand regte. Sie sah seine Lider unsicher zucken, dann starrten seine Augen leer in die ihren.

Die Tür ging auf, und der Töpfer kam herein. Er erfaßte die Szene mit einem Blick.

»Gut gemacht, Mädel«, murmelte er. »Ich dachte schon, er wäre für uns verloren.« Er beugte sich über die Schulter seiner Tochter und grinste den Mann fröhlich an. »Willkommen noch einmal im Land der Lebenden, Freund. Wißt Ihr, wo Ihr gewesen seid?«

Die Lippen des Mannes öffneten sich ein wenig und schlossen sich wieder.

Der Töpfer rief: »Susan! Bring uns einen Schluck von dem warmen Branntwein und eine Schüssel Milch.« Er tätschelte den Arm des Mädchens. »Du siehst auch so aus, als könntest du etwas vertragen, Jane, Kleines. Harte Arbeit, wie?«

Sie nickte schwach, stand von ihrem Hocker auf, kniete vor der Feuerstelle nieder und legte zwei neue Scheite auf das unwillige Feuer. Sie fühlte sich völlig ausgelaugt und erschöpft, so, als sei ein wesentlicher Teil von ihr noch immer weit entfernt, wandere mit dem Geist namens Carver verirrt durch die dunklen und einsamen Katakomben. Sie fühlte sich zu müde zum Weinen.

Die Frau des Töpfers kam herein, in der einen Hand Schüssel und Löffel, in der anderen eine Steinflasche. Sie gab die Flasche ihrem Mann, der eine ordentliche Menge Branntwein in die Milch goß und sich dann über den Mann auf dem Bett beugte und ihn halb aufsetzte. Seine Frau setzte sich auf den Hocker, tauchte den Löffel ein, streifte ihn am Rand der Schüssel ab und führte ihn an die Lippen des Mannes.

»Trinkt, Freund, trinkt«, drängte der Töpfer. »Das ist besser als Salzwasser.«

Der Löffel leerte sich langsam, ein Teil der Flüssigkeit rann über den Bart des Mannes, aber das meiste lief in seinen Mund. Susan gab ihm einen zweiten Löffel, nickte und lächelte aufmunternd, als sie sah, daß seine Kehle mühsam arbeitete.

»Ah, armer, ertränkter Wicht«, sagte sie in singendem Ton. »Trinkt aus. Trinkt aus.«

Es gelang dem Mann, vier oder fünf Löffel voll zu trinken, dann sank er erschöpft zurück an den Arm des Töpfers und schloß die Augen.

»Stellt die Schüssel auf den Herd, damit sie warm bleibt«, murmelte der Töpfer. »Vielleicht trinkt er später mehr. Jane, Kleines, trink du lieber auch einen Schluck.«

Er ließ den Mann vorsichtig auf das Bett zurücksinken und deckte ihn bis zum Hals zu. Dann ging er mit Susan in die Küche, holte eine Tasse, goß Branntwein hinein und gab sie seiner Tochter.

»Trink das«, befahl er.

Jane nahm ihm die Tasse aus der Hand, hob sie an den Mund, trank und begann prompt zu husten.

Pots lachte und klopfte ihr auf den Rücken.

»Kommt von weit her, Mädel«, sagte er. »Schade darum, so etwas zu vergeuden.«

Sie trank noch einen kleinen Schluck und gab ihm die Tasse zurück.

»Trink du aus«, sagte sie. »Es treibt mir das Wasser in die Augen.«

Der Töpfer legte den Kopf zurück und trank den Branntwein auf einen Schluck.

»Du hast für einen Tag gute Arbeit geleistet, Jane.«

»Wo hat man ihn gefunden? Vater?«

»Irgendwo draußen im Kanal. Vor Blackdown Head, sagte Jonsey, glaube ich. Warum?«

»Ich weiß nicht. Ich habe mir nur Gedanken gemacht.«

»Aber du bist zu ihm durchgedrungen, nicht wahr?«

Sie nickte.

»Nun?«

»Ich glaube nicht, daß es Gyre ist«, sagte sie. »Er ist nicht alt genug, oder? Aber ich bin sicher, daß ich gesehen habe, wie der alte Peter ihn taufte, und ich habe auch den Jungen gespürt. Aber da ist noch etwas. Etwas, das ich überhaupt nicht verstehen kann.«

»Sprich weiter.«

»Aber es ergibt keinen Sinn.« Sie sah zu ihm auf und schüttelte den Kopf. »Weißt du, bevor ich ihn erreichte, war da ein anderer Mann – jemand anderer. Das begreife ich einfach nicht.«

»Jemand anderer?«

Sie nickte.

»Er war schrecklich tief unten – ganz schwach und weit weg. Aber er *war* da, Vater. Ich bin ganz sicher.«

»Könnten frühe Erinnerungen gewesen sein, nicht wahr?«

»Das dachte ich zuerst auch. Aber jetzt bin ich sicher, daß das nicht der Fall war. Es war jemand aus der Alten Zeit vor der Flut.« Sie ließ sich auf die Hacken nieder und sagte mit plötzlicher Gewißheit: »Ja! *Das* war es, was ich auf dem Boot aufgefangen habe! Ich konnte es überhaupt nicht verstehen. Aber es *war* derselbe Mann! Und sein Name ist ›Carver‹, Vater.«

»Carver? Ich kenne keinen Bruder namens Carver.«

»Nein, nein«, widersprach sie. »Carver ist der *andere*. Der, zu dem ich zuerst gelangt bin. Ich sah diesen Ort, Vater – eine Art Haus, weiß und lang – und einen ganzen Raum voller Zauberspiegel wie in den Geschichten – und ein Mädchen mit roten Haaren . . .« Plötzlich weinte sie ganz ohne Anlaß bitterlich, und die Tränen liefen über ihr Gesicht, während sie klagend rief: »Oh, er ist verloren, Vater. Er ist verloren. Er hat sich verirrt!«

Pots nahm sie völlig verwirrt in die Arme und tröstete sie, wie er es nicht mehr getan hatte, seit sie ein kleines Kind gewesen und ihm durch vom Weinen geschwollene Lippen zugeflüstert hatte, die anderen Kinder nennten sie *Huesh.*

»Na, na, Schatz«, sagte er beruhigend. »Reg dich nicht so auf. Kein Grund zum Weinen. Du hast ihn zu uns zurückgebracht, nicht wahr? Ohne dich wäre er wirklich verloren und verirrt.«

Er preßte ihren Kopf an seine Schulter, flüsterte mit ihr und streichelte sie mit seiner breiten, sanften Hand, bis die Flut ihrer Tränen verebbt war.

Eines der beiden Scheite, die Jane auf das Feuer geworfen hatte, schwelte durch, brach auseinander und rollte auf die Seite. Eine Flammenzunge leckte an der versengten Rinde entlang, die zu knistern und zu zischen begann. Der Mann auf dem Bett öffnete die Augen und sah mit langsamen Lidschlägen hinauf zu den tanzenden Schatten der Deckenbalken. Beinahe augenblicklich wurde ihm ein dumpfer Schmerz in den Muskeln von Schultern und Oberarmen bewußt, er kreuzte die Arme auf der Brust und begann geistesabwesend die schmerzenden Stellen zu massieren. Erst dabei entdeckte er, daß er am linken Arm über dem Ellenbogen einen Verband trug. Er betastete die Oberfläche mit den Fingerspitzen der rechten Hand und stieß auf die empfindliche Stelle, wo Nappers Messer ihm eine Schnittwunde zugefügt hatte.

Wie ein Kleinkind, das einen fremdartigen Bauklotz untersucht, griff er nach dem Wort ›Wunde‹, drehte es eine Weile in seinen Gedanken hin und her und legte es dann beiseite. Er drehte langsam den Kopf, hörte das trockene Stroh der Matratze schwach rascheln und sah die Flammenzungen im Kamin wabern. Auch sie betrachtete er eine Weile dumpf, dann ließ er den Blick zum Fenster gleiten. Jede einzelne Wahrnehmung wog und untersuchte er, bevor er zur nächsten fortschritt, auf der Suche nach einem Bindeglied, das Gegenwart mit Vergangenheit verbinden würde, ohne es zu finden.

Als Jane zwanzig Minuten später ins Zimmer schaute, sah sie den Mann am Kamin kauern, in die Decken gehüllt.

»Warum habt Ihr nicht gerufen?« fragte sie. »Seid Ihr schon lange wach?«

Der Mann hob den Kopf.

»Wen hätte ich rufen sollen?« fragte er ruhig. Seine Stimme klang leise und heiser; seine Frage seltsam direkt, bar aller Ausflüchte; und im Widerschein der Flammen schienen seine dunklen Augen vor sanfter und geheimer Belustigung zu funkeln.

»Ich bin Töpfer Thomsons Tochter, und Jane ist mein Vorname«, sagte sie, trat ins Zimmer und schloß die Tür hinter sich. »Wie heißt Ihr, Bruder?«

»Thomas von Norwich, Jane.«

»Oh, dann seid Ihr also nicht Gyre?« Ihre Frage verriet eine Spur von Enttäuschung.

»Nein«, sagte er. »Warum? Habt Ihr das erwartet?«

»Ja«, sagte sie schlicht. Sie nahm einen Kerzenhalter vom Fensterbrett, ging zum Feuer und führte den Docht an die Flammen. Als die Kerze brannte, trug sie sie zurück zum Fenster, zog die Vorhänge zu und stellte den Kerzenhalter davor.

Der Mann beobachtete sie ernsthaft. Schließlich sagte er: »Gyre liegt krank auf Black Isle im West-Grenzland.«

Jane zog die Brauen zusammen, schüttelte langsam den Kopf, kam dann heran und kniete neben ihm nieder.

»Sagt, Bruder Thomas«, sagte sie. »Wie kam es, daß man Euch allein in der Somersea hat treiben sehen?«

»Wer hat mich gefunden? Ihr?«

»Nein«, sagte sie. »Jonsey und Napper. Sie sind Küstenfahrer. Sie haben Euch mit der ›Kingdome Come‹ mittags an Land gebracht.«

Thomas dachte einen langen Augenblick nach, dann sagte er: »Wo bin ich, Jane?«

»Nun, in Tallon«, sagte sie.

»Tallon?« wiederholte er. »Und wo ist das?«

»Na, auf der Insel Quantock, versteht sich.«

Er starrte sie eine halbe Minute an, ohne etwas zu sagen, dann nickte er.

»Und was für ein Tag ist heute, Jane?«

»Der zwölfte April.«

»Bist du ganz sicher?«

»Ja«, sagte sie. »Der Mond stand gestern im ersten Viertel.«

»Und der Sturm? Wann war der Sturm?«

»Der große Wind war vor drei Tagen. Warum fragt Ihr?«

Thomas fröstelte stark, und Jane rief: »Beim Herrn! Was treibe ich denn? Ich hole Euch Kleidung von Vater. Er hat mir gesagt, ich soll ihn sofort rufen, wenn Ihr wach seid.« Sie raffte sich auf und huschte aus dem Zimmer, während die Kerzenflamme hinter ihr wie ein Banner flatterte.

Sie kam nach wenigen Minuten mit einem Bündel Kleidungsstükken in den Armen zurück.

»Eure eigenen sind noch nicht trocken«, sagte sie, »aber mit diesen hier könnt Ihr Euch wenigstens warmhalten. Soll ich Euch helfen?«

»Danke«, sagte er. »Ich scheine das Stehen verlernt zu haben. Ohne Zweifel werde ich das nach und nach wieder lernen.«

Sie schüttelte einen dicken Wollpullover aus und zog ihn ihm über den Kopf. Dann schlug sie die Decken auseinander und zuckte zusammen, als sie die Narben an seinem Rücken sah.

»Ah, grausam!« rief sie. »Wer hat Euch das angetan?«

Thomas vermochte die Arme in die Ärmel des Pullovers zu schieben, und gemeinsam streiften sie ihm das Kleidungsstück über.

»Ihr lest die Schrift der Grauen Falken«, sagte er. »Sie schreiben mit scharfen Federn.«

Jane holte den Hocker vom Bett, half ihm hinauf und lenkte seine nackten Füße in die Beine von ihres Vaters Hose. »Haltet Euch an meinen Schultern fest, Thomas«, befahl sie. »So. Hoch!«

Er stand mühsam auf und blieb schwankend stehen, während die Decken auf den Boden hinunterglitten. Jane bückte sich, zog die Hose über seine Nacktheit hinauf und zog die Schnalle zu.

»So«, sagte sie. »Ist das nicht besser?«

»Viel besser«, bestätigte er mit schwachem Lächeln und sank mit einem Seufzer der Erleichterung auf den Hocker.

Wollsocken und Lederhausschuhe folgten, schließlich ein Töpferkittel aus blauem Segeltuch. Jane betrachtete das Endergebnis mit Befriedigung.

»Wir werden bald zu Abend essen«, sagte sie, »dann könnt Ihr uns alles erzählen.« Sie hob die Decken auf, schüttelte sie, faltete sie geschickt zusammen und legte sie auf das Bett. Als sie fertig war, drehte sie sich nach ihm um und sagte: »Wollt Ihr mir vorher eines sagen, Thomas? Nur eines.«

»Gewiß«, sagte er. »Wenn ich kann.«

Sie trat einen Schritt auf ihn zu und verkrampfte die Hände so stark, daß ihre Fingerknöchel im Kerzenlicht weiß schimmerten.

»Carver«, flüsterte sie. »Wer ist er, Bruder Thomas? Wer ist Carver?«

Der Mann namens Thomas starrte sie verständnislos an, und trotzdem spürte sie, daß er sie in Wirklichkeit gar nicht ansah, sondern auf jemanden oder etwas blickte, das weit, weit hinter ihr lag.

»Carver«, murmelte er. »Ja . . .«

Sie wartete, kaum atmend, beobachtete sein Gesicht, wie eine Katze einen Vogel beobachtet, sah die Schatten von Zweifel und Nichtbegreifen darüber hinweghuschen wie die Schatten der Wolken auf der Somersea. Schließlich schüttelte er den Kopf.

»Es tut mir leid, Jane«, sagte er. »Ich kenne die Antwort auf Eure Frage nicht. Wie kommt Ihr darauf?«

»Es spielt keine Rolle«, sagte sie. »Wir reden ein andermal davon. Ich gehe jetzt und sage, daß Ihr fertig seid.«

2

Der Regen kam vom Kanal von Bristol in scheinbar endloser Folge von langsamen, grauen Wellen über die triefenden Weiden von Sedgemoor hereingerollt. Obwohl es erst zwei Uhr nachmittags war, fuhren die Autos auf der Autobahn M 5 mit Abblendlicht und zogen Sprühwolken wie Rauchfahnen hinter sich her. Eines der Fahrzeuge auf der Südstrecke – ein dunkelblauer Volkswagen – bog an der Kreuzung vor Taunton ab, überquerte die Autobahn, fuhr durch North Petherton und bog dann nach Westen ab, die leichte Steigung zu den Quantock Hills hinauffahrend. Eineinhalb Meilen nach dem Ort bremste der Wagen und bog nach links in eine Einfahrt mit Steinsäulen ein, neben der ein weißes Schild die Aufschrift trug: ›Livermore-Stiftung. Holmwood House. Graduierten-Forschungszentrum.‹

Das blaue Auto fuhr die breite, mit Kies bestreute Zufahrt hinunter, zwischen riesigen, tropfenden Rotbuchen, um die georgianische Villa herum, und folgte einer geteerten Straße, die zu den ehemaligen Stallungen des Besitzes vom Marquis of Ridgeway führte. Dort im Hof kam der Volkswagen zwischen etwa zwanzig anderen Fahrzeugen auf dem Parkplatz zum Stehen. Der Motor wurde abgeschaltet, gefolgt von Scheinwerfern und Scheibenwischern; die Fahrertür ging auf, und eine junge Frau stieg aus.

Sie griff nach hinten und zog vom Rücksitz eine grellgelbe, wasserdichte Jacke heraus, die sie über ihre Schultern legte. Dazu kam ein schimmernd-schwarzer Südwester, den sie auf ihre kastanienbraunen Locken drückte. Dann warf sie die Tür zu und lief über den verlassenen Hof, kam unter einem Bogengang hindurch und eilte durch den strömenden Regen auf ein langes, weißes Gebäude zu, das vom Hauptkomplex an die dreihundert Meter entfernt stand. Sie stieß die Schwingtüren auf, zog Hut und Jacke aus und schüttelte sie über der Matte aus. Ein uniformierter Portier, der hinter einem Schreibtisch am Fuß der Treppe saß, hob den Kopf und grinste sie an.

»Tag, Miss. Naß genug für Sie?«

»Hallo, Harry«, sagte sie. »Ist Doktor Richards in Nummer fünf?«

Der Portier blickte auf seine Konsole und nickte.

»Richtig, Miss. Soll ich ihn anläuten?«

»Lassen Sie nur. Er erwartet mich.« Sie ging an ihm vorbei einen langen Korridor hinunter und betrat die Garderobe, wo sie Jacke und Hut aufhängte und mit dem Kamm durch ihr Haar fuhr. Dann trat sie hinaus, ging zwanzig Schritte durch den Flur und klopfte an die Tür mit der Ziffer ›5‹. Sie konnte im Inneren Stimmen hören, aber niemand schien sie wahrgenommen zu haben. Sie drückte die Klinke nieder und trat ein.

Am anderen Ende des Raumes standen drei Männer – zwei davon in weißen Laborkitteln – an einem Rollwagen, auf dem eine vierte Gestalt lag. Die drei schauten sich um, als die Tür aufging, und der Mann ohne Kittel rief: »Ah, da sind Sie ja, Rachel. Nur herein.«

Das Mädchen schloß die Tür hinter sich und ging vorbei an den Tischen mit den übereinander aufgestellten Kathodenstrahl-Enzephalographen, Sinuswellenfrequenzgeneratoren und Oszilloskopen, zwischen denen sich dicke Elektrokabel türmten. Sie nickte den beiden weißbekittelten Technikern zu und blickte besorgt auf die stille Gestalt auf dem Wagen, deren Kopf zum größten Teil unter einem Plexiglashelm verborgen war, aus dem eine Vielzahl farbiger Litzen hervordrang, gleich den Locken einer psychedelischen Medusa.

»Guter Gott!« rief sie. »Das ist doch nicht Mike, oder?«

Dr. Richards nickte.

»Schläft er?«

»Ja, ich glaube, man kann sagen, er schläft.«

»Das klingt aber nicht sehr überzeugt.«

»Ich *bin* auch nicht sehr überzeugt«, gab er zu.

»Aber ist alles in Ordnung mit ihm, George?«

Dr. Richards wies auf einen Leuchtschirm, wo ein langsamer, regelmäßiger Puls elektronischer Lichtsignale zu erkennen war.

»Sein Herzschlag ist ruhig und fest«, sagte er. »Da besteht keinerlei Grund zur Besorgnis.«

»Warum haben Sie mich dann angerufen?«

Dr. Richards blickte nachdenklich auf die Gestalt, die auf dem Wagen lag, dann schob er den Jackettärmel zurück und schaute auf die Armbanduhr.

»Mike hätte kurz nach zwölf zu sich kommen sollen. Jetzt ist es gleich halb drei Uhr. Er ist seit knapp über dreieinviertel Stunden ohne Bewußtsein.«

»Ja, warum bringen Sie ihn dann nicht *zu* sich? Geben Sie ihm eine Spritze! Das können Sie doch, oder?«

Er schüttelte den Kopf. »Wir haben es versucht. Zweimal sogar. Ein drittes Mal wage ich es nicht mehr.«

»Warum hat es nicht gewirkt?«

»Das weiß ich nicht«, gestand er. »Ich begreife es einfach nicht. Es war ein reiner Routineausflug. Mike und ich haben das hundertmal gemacht. Ian und Ken haben es gemacht.«

Einer der Techniker sagte: »Stimmt, Miss. Für uns ist das wie irgendeine Busfahrt.«

Rachel öffnete den Reißverschluß ihrer Umhängetasche, nahm eine Packung Zigaretten und ein Feuerzeug heraus. Sie zündete sich eine Zigarette an, sog den Rauch ein und blies ihn nach oben.

»Wenn Sie sagen ›Routineausflug‹, was soll ich darunter verstehen?«

»Wieviel hat Mike Ihnen über unser laufendes Programm gesagt?« gab Dr. Richards zurück.

»Nicht viel. Ich weiß, daß Sie versuchen, einen neuen Weg zur Darstellung von Nervenimpulsen zu finden. Ich glaube, die Grundtendenz ist mir klar.«

George Richards nickte.

»Wir sind einer Idee nachgegangen, die mir ein Mann namens

Klorner vorgetragen hat. Ich lernte ihn voriges Jahr in Stanford kennen. Offenbar hatte er damals in den sechziger Jahren in Hampton auf demselben Gebiet gearbeitet. Nach seinen Angaben kam man dort zu recht verblüffenden Ergebnissen, auch wenn er nicht genau erklärt hat –«

»Hallo!« rief einer der Techniker. »Auf Nummer vier kommt wieder etwas.«

Dr. Richards drehte sich rasch um und beugte sich über die regungslose Gestalt auf dem Wagen.

»Keine Anzeichen von REM, Ian.«

»Auf Nummer sieben ein starkes Signal«, sagte der andere Techniker.

»Das sind 2/E und 2/G. Viermal in der vergangenen Stunde«, sagte Dr. Richards.

Rachel sah von einem zum anderen und registrierte die aufgeregten Blicke, die ausgetauscht wurden.

»Was ist los?« fragte sie scharf. »Kommt er zu sich?«

Die drei Männer starrten wie gebannt auf eine Kathodenstrahlröhre, die undeutliche bläuliche Lichtringe pulsieren ließ; sie sahen aus wie geisterhafte Rauchkringel.

»Mich laust der Affe«, murmelte Ian. »Zeigt das an, was ich vermute?«

Die beiden anderen schüttelten die Köpfe und überließen es Rachel, die Frage zu stellen: »Na, weiter, Ian. Was *zeigt* es an?«

»Eine Art Kontakt – glauben wir«, sagte Ian.

»Was für eine Art von Kontakt?«

»Ah, da haben Sie mich erwischt«, sagte er. »Vielleicht kann Doktor Carver uns das sagen, wenn er zu sich kommt.«

»Ich begreife immer noch nicht«, sagte sie störrisch. »Was für eine Art von ›Kontakt‹?«

Dr. Richards wandte sich ihr zu.

»Gehen wir Kaffee trinken, Rachel. Ich will versuchen, es Ihnen zu erklären. Ian kann uns in der Kantine erreichen, wenn sich etwas ergibt. O.K., Ian?«

Der Techniker nickte, und Rachel ließ zu, daß George Richards nach ihrem Arm griff und sie hinausführte.

Die Kantine war fast völlig leer, weil die Mittagspause seit über einer Stunde beendet war, aber George konnte zwei Tassen Kaffee bekommen, dazu eine Packung Käse und gesalzene Kekse. Er trug alles zu einem Tisch am Fenster, wo Rachel saß und düster auf den regentriefenden Parkplatz hinaussah.

»Wenigstens ist er heiß und naß«, sagte er. »Aber das ist auch schon alles, was man für ihn vorbringen kann.« Er zog einen Stuhl heraus und setzte sich ihr gegenüber.

Rachel nickte. Sie hob die Tasse an die Lippen und stellte sie wieder zurück, ohne getrunken zu haben.

»Mike passiert doch nichts, oder, George?«

»Natürlich nicht.« George riß die Cellophanhülle von den Keksen, rollte sie zwischen den Handflächen zusammen und warf sie in den Aschenbecher. »Sein autonomes System funktioniert perfekt. Das Herz schlägt wie ein Metronom. Sie waren ja selbst dabei.«

»Warum kommt er dann nicht zu sich?«

»Oh, das kommt, Rachel, das kommt. Es ist ja nicht so, als hätte er eine Gehirnerschütterung oder dergleichen erlitten. Er läßt sich nur Zeit, das ist alles.«

»Aber das ist vorher nie passiert, oder?«

»Nicht in diesem Ausmaß, zugegeben. Aber diese Neurodrogen, die wir verwenden, sind selbst im besten Fall schwer zu kontrollieren. Jede auch nur geringe Veränderung in der Körperchemie wirkt sich auf sie aus. Sie und Mike hatten nicht zufällig heute morgen Streit?«

»Nein«, sagte sie. »Warum?«

»Nur so ein Gedanke. Ein richtig großer Krach kann das chemische Gleichgewicht auf Stunden hinaus stören.« Er legte ein Stückchen Käse auf einen Keks, schob ihn in den Mund und kaute knirschend.

Rachel führte wieder die Tasse an den Mund und schlürfte ihren Kaffee.

»Was hat Ian mit ›Kontakt‹ nun wirklich gemeint?«

»Ah«, sagte George. »Das war aber wirklich unartig von ihm. Ich meine, das ist reine Spekulation, nicht mehr.«

»Weiter.«

George krümmte den kleinen Finger, schob ihn in den Mund und löste ein Stück halbgekauten Keks vom Zahnfleisch.

»Tja«, sagte er, »als Mike und ich anfingen, die Hirnrindenhalbkugel zu vermessen, teilten wir sie in verschiedene Zonen auf. Die in der Nähe der Zirbeldrüse bezeichneten wir mit ›Z‹. Z/E und Z/G sind zwei Kontaktpunkte im Gehirn, auf die wir uns in den letzten beiden Wochen konzentriert haben.«

»Aber das war es nicht, was Ian gemeint hat, nicht wahr?«

»Nein«, gab George lächelnd zu. »Er hat etwas viel Unheimlicheres gemeint.«

»Unheimlich?«

George nickte.

»Hat Mike mit Ihnen schon einmal über AKE gesprochen?«

Rachel schüttelte den Kopf.

»Das steht für ›Außerkörperliche Erfahrung‹. Wenn man bereit ist, rein subjektive Beweise zu akzeptieren, hat sie eine recht achtbare Herkunft.«

»Und was ist das?«

»So leicht läßt sich das nicht erklären. Aber um es kurz zu machen, wenn der Körper künstlich in einen Zustand des Entzugs aller Sinneswahrnehmungen versetzt wird, ist er anscheinend manchmal in der Lage, Dinge durch ein nicht näher bezeichnetes Medium außerhalb seiner eigenen körperlichen Sinne wahrzunehmen. Die Erscheinung ist bekannt dafür, daß sie oft über erstaunliche Entfernungen wirkt.«

»Sie meinen Telepathie?«

»Das ist ein Wort, das wir nicht sehr schätzen. Zu verschwommen, zu emotionell.«

»Nun gut, aber ich begreife immer noch nicht, was das alles mit Mike zu tun hat.«

»Da können Sie durchaus recht haben«, sagte George und löffelte Zucker in seinen Kaffee. »Aber Sie wollten wissen, wovon Ian gesprochen hat, und das ist es, mehr oder weniger. Wir sind ziemlich sicher, daß die Impulse am ›Z‹-Punkt bedeuteten, daß Mike eine Art AKE-Kontakt hatte.«

Rachel starrte ihn an.

»Aber Mike *ist* ja gar nicht in einem Zustand des Entzugs von Sinneswahrnehmungen. Muß man da nicht in einem Behälter schwimmen, eine Binde vor den Augen tragen und weiß Gott was noch alles über sich ergehen lassen?«

»Heute nicht mehr. Y-Dopa erzielt genau dieselbe Wirkung.«

»Und was, zum Teufel, ist ›Y-Dopa‹?«

»Dihydrophenialamin und ein synthetisch hergestellter Auszug, der ursprünglich von einer südamerikanischen Pflanze mit dem Namen Yucca stammte.«

»Allmächtiger! Und das hat Mike bekommen?«

»Es war alles, was wir hatten, Rachel.«

»Sie sind verrückt«, sagte sie tonlos. »Sie sind *wirklich* verrückt, George.«

»Weit gefehlt«, widersprach er. »Wir stoßen nur auf Neuland vor, das ist alles. Dabei könnte vielleicht sogar ein Nobelpreis herausschauen. Ich meine das ganz ernst, Rachel. Ich glaube, wir stehen im Begriff, über die menschliche Psyche Entdeckungen zu machen, die unser Bild davon, was wir sind, revolutionieren werden.«

Rachel schüttelte langsam den Kopf.

»Na, wie gut für Sie, George«, sagte sie. »Und wenn Sie sich damit wohler fühlen, ich revolutioniere gerade mein Bild von Ihnen.«

Dr. Richards grinste nachsichtig und wollte etwas erwidern, als das Telephon schrillte. Er stieß den Stuhl zurück, lief zur Sprechkuppel und nahm den Hörer ab.

»Anschluß zweifünf, Richards. Ich höre, Ian ... Ja ... Sind Sie *sicher*? ... O.K. Ich komme sofort.«

»Was ist passiert, George?«

»Mikes Puls ist eben unter dreißig abgefallen, Kommen Sie.«

Ian empfing sie an der Labortür.

»Ich weiß nicht, was überhaupt los ist, Doc. Abgesehen von Z/E und Z/G wird nichts als Autosystem registriert.« Er warf einen Blick auf Rachel und murmelte: »Soll ich einen Krankenwagen rufen?«

»Warten Sie noch«, sagte George. Er eilte zum Wagen, hob das Handgelenk des Bewußtlosen und tastete nach dem Puls. Die anderen beobachteten ihn angespannt. Nach dreißig Sekunden ließ er die Hand los und starrte kopfschüttelnd auf seinen Kollegen hinunter.

»Das ergibt einfach keinen Sinn«, murmelte er. »Sein Herzschlag ist immer noch ganz kräftig, die Atmung regelmäßig, aber aus irgendeinem Grund gibt er einfach auf – versinkt ganz langsam.«

»›Versinkt langsam‹.« Rachels Stimme schwankte.

»In ein tiefes physisches Koma, allem Anschein nach.«

»Um Himmels willen, George! Was wollen Sie *tun*? Es *zulas-*

sen?«

»Ich fürchte, wir müssen ihn ins Krankenhaus bringen, Rachel. Es bleibt nichts anderes übrig. Aber sehen Sie sich das an!« Er deutete auf den Schirm mit der Nummer 7, von dem noch immer die geisterhaften Ringe hellblauen Lichts ausgingen. »Wenn das kein Beweis für starke geistige Aktivität ist, was dann? Also gut, Ian, verständigen Sie Harry. Er soll sofort einen SOS-Ruf an die Klinik schikken.«

Als Ian hinauseilte, ging Dr. Richards zur Steuertafel und drehte an einem Regler. Das Licht auf Schirm 7 wurde merklich heller.

»Unglaublich«, sagte er halblaut. »Wann ist das erste Signal aufgetaucht, Ken?«

»Kurz nach zwölf«, sagte der zweite Techniker. Er blickte auf einen Notizblock. »Dauer 32 Sekunden um 12.20. Zweites Signal 12.48: Dauer 3 Minuten 7 Sekunden. Das dritte um –«

»Schon gut«, sagte Dr. Richards. »Alles auf Band?«

»Klar.«

»Wir verwenden es als Enzeph. Basis für den neuen Umwandler. Vielleicht bringt uns das weiter.« Er drehte sich nach Rachel um, die verloren am Wagen stand. »Was kann ich sagen, Rachel? Ich kann nicht ausdrücken, wie leid mir tut, was mit Mike geschehen ist. Dort könnte ebensogut irgendein anderer von uns liegen.«

Sie hob den Kopf, sah ihn mit einem langen, ruhigen Blick an und nickte. »Ja, ich weiß. Ich sehe ein, daß das nicht Ihre Schuld ist. Aber, o Gott, George, ich wünschte mir, daß nicht er es wäre.«

3

Thomas von Norwich stützte sich auf Janes Arm und ging langsam hinüber in die Küche des kleinen Hauses. Pots wusch sich am steinernen Waschbecken das Gesicht, und Susan stand am glühenden Herd und rührte in einem dampfenden Topf. Thomas blieb einen Augenblick stehen, um das Bild in sich aufzunehmen – den gedeckten Tisch, den Kegel sanften, gelben Lichts, der von der an einer Kette aufgehängten Lampe herabfiel, den rötlichen Widerschein des Feuers auf Susans gesenktem Gesicht, die neben dem Kaminvorsetzer dösende Katze, die Wassertropfen, die als goldener Regen von den Händen des Töpfers sprühten – und hob das Ganze in das vollgestopfte Lagerhaus seines Gedächtnisses.

Pots fuhr herum, tastete nach einem Handtuch und bemerkte die beiden. »Willkommen, Bruder Thomas«, rief er. »Ich sehe, die Kleidung paßt.«

»Sehr gut sogar, Töpfer. Ich schulde Euch viel Dank.«

Pots vergrub das Gesicht im Handtuch und frottierte es kräftig, um seine Verlegenheit zu verbergen.

»Was unser ist, gehört Euch, solange wir leben. Das wißt Ihr.«

»Solange wir leben«, murmelte Thomas. »Aye.«

»Nun setzt Euch, Bruder«, sagte Susan. »Das Essen wird gleich fertig sein. Jane, Liebes, lauf und hol frisches Ale.«

Jane führte Thomas zu einem Stuhl und ging hinaus. Als die Tür sich hinter ihr schloß, sagte Thomas: »Jane sagt mir, daß heute der 12. April ist.«

»Ja, so ist es«, bestätigte Pots und warf das Handtuch über einen Haken. »Auch wenn man es an den Bäumen nicht erkennen würde. Man sieht noch kaum eine Knospe. Und bis zur dritten Märzwoche lag auf dem Lydeard-Berg Schnee.« Er griff nach einem Holzkamm und fuhr damit durch Haare und Bart. »Gewiß ist es überall genauso.«

Thomas starrte stirnrunzelnd auf den Tisch.

»Und der Sturm . . .« begann er und ließ den Satz abgerissen in der Luft hängen.

»Ja«, sagte Pots und sah ihn forschend an. »Was ist damit?«

»Er hat zwei Tage und zwei Nächte angehalten?«

»Gewiß nicht weniger«, sagte Pots. »Eisenhart, direkt aus Westen. Wenn Jane mich nicht gewarnt hätte, ein ganzer Ofen voll Töpferware wäre gewiß ruiniert gewesen.«

»Gewarnt?«

»Sie ist *Huesh*, Thomas. Habt Ihr das nicht gemerkt?«

»Ich kenne das Wort nicht.«

»Jane hat die Gabe, Bruder«, warf Susan ein. »Daran lag es, daß wir Euch erwarteten.«

»Daß Ihr mich erwartet habt?« wiederholte Thomas tonlos.

Pots lachte.

»Ja, Freund, aber Ihr seid spät gekommen. Wir dachten, Ihr

kommt schon vor zwei Tagen an Land. Und auch nicht in einem Boot. Ihr solltet an dem Tag, als der Sturm sich legte, in den Jaws an Land gespült werden.«

»Gyre«, murmelte Thomas. »Sie hat zu mir gesagt, sie erwartete, ich wäre Gyre. Ich wußte nicht, was sie meinte.«

»Sie war nicht sicher«, sagte Pots, zog einen Stuhl heraus und setzte sich Thomas gegenüber. »So ist das manchmal. Das Mädel und ich hätten uns beinahe die Finger erfroren, als wir Euch im Tang suchten. Sie ging nicht davon ab, daß Ihr dort irgendwo sein müßtet. Und da sie den Sturm vorausgesehen hatte, sprach viel dafür, daß sie auch bei Euch recht hatte. Nun, in gewisser Weise war es so, nicht? Abgesehen von der Kleinigkeit, daß Ihr ertrunken seid.«

»Ihr tut ihr Unrecht«, sagte Thomas langsam. »Sie hat es richtig gesehen, Töpfer.« Er hob die rechte Hand und preßte die Fingerspitzen an seine Wangen wie ein Blinder, der das Gesicht eines Fremden erforscht. »Ich sage Euch, dieser Leib, den Ihr vor Euch seht, war ertrunken.«

»Ah, nun«, sagte Pots verlegen. »Ihr habt wirklich Glück gehabt, Bruder, ganz ohne Zweifel.«

»Vier Tage, Töpfer? Drei Nächte und vier Tage? Ihr verlangt, ich soll glauben, daß ein Mensch vier Tage lang im April in der Somersea am Leben bleiben kann?«

»Ein Wunder«, sagte Pots heiter. »Denn hier sitzt Ihr lebensgroß und hungrig dazu. Wo ist das Mädel mit dem Bier nur hingeraten? *Jane!*« Noch während er ihren Namen rief, hörten sie die Tür aufgehen, und einen Augenblick später kam Jane mit einem Steinkrug in einem Flechtkorb herein.

»Die Laterne wurde ausgeblasen«, keuchte sie, stellte den Krug bei ihrem Vater nieder und drehte sich, um ihrer Mutter zu helfen, die Brühe in Schüsseln schöpfte. Sie ergriff eine volle Schüssel, trug sie vorsichtig zum Tisch und stellte sie vor Thomas nieder.

Als alle saßen, forderte der Töpfer Thomas auf, den Segen zu sprechen.

»Den brauche ich nötiger als Ihr alle«, murmelte Thomas. »Gute Leute, möge Euer Friede meine gestörte Seele beruhigen. Möge das Blut des Jungen uns erlösen: Möge der Vogel der Dämmerung über uns schweben: Gib uns die Seligkeit der Bruderschaft in alle Ewigkeit.« Er hob die rechte Hand und machte das Zeichen über sie.

Alle sprachen das Amen mit, und Pots entkorkte den Krug, goß schäumendes Ale in einen Becher und schob ihn seinem Gast hin.

»Eßt und trinkt, Bruder Thomas, in Eurem überschwemmten Magen muß ein heulender Wolf sitzen. Unser Bruder erzählt mir, daß er volle vier Tage im Wasser gewesen ist, Jane. Was hältst du davon?«

»Dann *war* es der Sturm«, sagte Jane und sah Thomas über ihrem erhobenen Löffel von der Seite an. »Ich wußte es. Wollt Ihr uns erzählen, was geschehen ist?«

»So laß ihn doch erst essen, Mädel«, sagte Susan. »Er wird uns alles berichten, wenn er fertig ist.«

»Ich will Euch erzählen, was ich kann«, sagte Thomas. »Aber zuerst müßt Ihr mir von *Huesh* berichten. Woher kommt das Wort?«

»Das weiß ich nun wieder«, sagte Pots. »Ich habe das alles von einem uralten Schreiber in der Bibliothek von Neu-Exeter. Anscheinend ist es ein wildes Wort aus Cornwall, aus alter Zeit, als die Fischer oben auf den Klippen einen Mann aufstellten, der nach den Sardinenschwärmen Ausschau halten mußte. Sie nannten ihn den *Huer*. Im Lauf der Zeit begann das Wort jemanden zu bedeuten, der sehen konnte, was anderen verborgen war. Daraus entwickelte sich *Huesh*. Jedenfalls hat *er* das behauptet.« Er tauchte ein Stück Brot in seine Suppe und schlang es genußreich hinunter. »Hier in der Gegend ist das für jeden selbstverständlich«, sagte er. »Aber ich könnte das nie. Vielleicht, weil ich nicht aus der Gegend stamme. Ich habe jahrelang nicht daran geglaubt, nicht wahr, Frau? Für mich verstieß das gegen alle Vernunft. Aber am Ende mußte ich mich damit abfinden. Es kam soweit, daß ich mich verrenkte, um nicht zu sehen, was direkt vor meiner Nase stand. Jetzt sage ich mir, wenn der Spender der Gaben beschlossen hat, unsere Jane zu beschenken, wer bin ich, der das zurückweisen sollte?«

Susan stand auf, holte den Topf vom Herd und begann noch einmal Suppe in die Schüsseln der Männer zu schöpfen.

»Und was hat Euch veranlaßt, umzudenken?« fragte Thomas.

»Das ist eine eigene Geschichte«, erwiderte Pots. »Sie ereignete sich vor fünf Jahren, als Jane gerade zur Frau heranreifte. Wir wurden zur Steuerzählung im Jahr 14 aufgesucht. Ein ganzer Haufen kam zu Pferde an. Ein Zählschreiber, ein Steuerschätzer, einer der Schwarzen Mönche, ein halbes Dutzend Raubvögel, und der Einnehmer selbst – ein großer, fetter, schmieriger Kerl mit einem Lachen wie eine geplatzte Trompete, der das Siegel von Graf Robert trug. Wir hatten über See erfahren, daß sie unterwegs waren, so daß wir in die Lage versetzt wurden, mitleiderregende Armut vorzutäuschen. Das änderte aber nichts daran, daß der Mönch über Nacht bei uns einquartiert wurde. Damals hielt ich das nur für Pech, aber ich erfuhr bald, daß er mich als örtlichen Spitzel auserkoren hatte, weil ich jedes Vierteljahr nach Neu-Exeter kam und lesen und schreiben konnte. Er wußte auch sehr gut Bescheid, dieser Bruder Benjamin. Wußte alles über eine Anklage wegen Aufwiegelung, die damals 92 in Banbury gegen mich erhoben worden war, und er machte mir unumwunden klar, daß man das alles wieder aufrühren werde, sollte ich nicht bereit sein, mitzutun. Ein schlimmer Augenblick, das kann ich Euch sagen.

Der Mönch war wahrhaftig ein böser Kerl. Als Jane ins Zimmer kam, verschlang er sie sofort mit seinen Augen, daß mir Schauer über den Rücken liefen. Ich wußte, daß es ihn juckte, sie in die Hände zu bekommen. Aber sie wollte ihn nicht ansehen. Sie wollte nicht. Nicht ihn selbst, meine ich. Seine Schuhe oder den Rosenkranz oder seine Hände, aber nicht sein Gesicht. Und das ärgerte ihn mächtig. Am Ende hielt er sie an den Armen fest und *befahl* ihr, es zu tun – befahl es ihr im Namen Gottes –, während Susan und ich dabeistanden und zuschauten, und ich fragte mich, ob ich ungestraft davonkommen könnte, wenn ich einen Heiligen Mönch mit bloßen Händen erwürgte und seinen Pestleib in den Brennofen stopfte.

Nun, sie tat es. Sie sah ihn an, meine ich. So, als sei er etwas Abscheuliches, das unter einem Stein hervorgekrochen sei. Sie mußte ihn eine halbe Minute angestarrt haben, bevor er ihre Arme losließ, anfing, sich zu bekreuzigen und Römisches vor sich hin zu murmeln, so, als sei ihm gerade aufgegangen, daß er an der Pest leide. Jane lief hinaus in den Hof, und etwas später ging ich hinaus, um zu sehen, was mit ihr sei. Ich fand sie zusammengerollt in einer Ecke der Töpferei, und sie zitterte am ganzen Körper. Ich fragte sie, was sie hätte – obwohl ich in Wahrheit ganz genau wußte, was es war. Da sagte sie mir, sie hätte Bruder Benjamin splitternackt in einem Graben liegen ›sehen‹, mit durchschnittener Kehle.

Nun, eine mörderische Einzelheit mehr oder weniger, das war praktisch das Bild, mit dem ich selbst gespielt hatte, so daß ich mir damals nicht soviel dabei dachte wie vielleicht sonst. Ich tat nur, was ich konnte, um sie aufzuheitern, und sagte, am nächsten Morgen werde er fort sein, und sie sollte sich keine Sorgen machen, weil wir schon dafür sorgen würden, daß ihr nichts zustoße.

Und das ist dann praktisch auch schon alles, außer, daß der ganze Diebeshaufen gleich am nächsten Tag mittags im Wald von Crowcombe von einer Bande walisischer Räuber in einen Hinterhalt gelockt wurde. Jeder einzelne wurde bis auf die Haut ausgezogen und mit einem ganz neuen Mund mitten in der Kehle ins Jenseits geschickt. Zwei Tage später erfuhren wir davon. Von diesem Tag an habe ich dem Mädel im Zweifel immer geglaubt. Und laßt Euch versichern, Bruder, sie hat sich seitdem weiter entwickelt.«

Während der Schilderung hatte Jane stumm am Tisch gesessen. Nun stand sie still auf und begann ihrer Mutter zu helfen, die Schüsseln abzuräumen. Sie mied Thomas' Blick betont.

»Sagt mir, Jane«, fragte er, »weshalb wolltet Ihr den Mönch nicht ansehen?«

»Er hatte die Kraft«, sagte sie schlicht. »Und ich fürchtete mich.«

»Aber woher habt Ihr das gewußt?«

»Ihr wißt sehr wohl, woher«, erwiderte sie mit einem schwachen Lächeln. »Warum fragt Ihr dann?«

»Vielleicht, weil ich es aus Eurem eigenen Mund hören muß.«

Sie hielt inne, das Gesicht plötzlich verzückt und gebannt.

»Ich sah die dunkle Flamme um und in ihm«, flüsterte sie. »Und er wußte, daß ich sie sah.«

Thomas lehnte sich zurück, starrte sie an und dachte: Ja, Jane, du hast recht. Wer könnte diese dunkle Flamme und die Furcht, von der sie sich nährt, besser kennen als ich?

Seine Augen ruhten nachdenklich auf ihr, registrierten das feste, breite Kinn, den breiten, vollippigen Mund, die breite Stirn unter dem jungenhaften schwarzen Haarhelm, und langsam reifte in ihm die Überzeugung, daß er an der Schwelle zu einer ungeheuerlichen Offenbarung stand. Im goldenen Lampenschimmer schienen ihre Züge sich zu verwandeln und zu glühen, als würden sie aus einer geheimnisvollen inneren Quelle beleuchtet. Heller und immer heller glänzten sie, während rings um sie der Raum in die Dunkelheit entglitt, bis er nicht körperlicher zu sein schien als ein schwacher Schattenvorhang, vor dem ihr in rätselhafter Vereinzelung schwebendes

Gesicht immer blendender erstrahlte und gleichzeitig auf seltsame Weise unendlich unschuldig wirkte. Er spürte, wie die Welt um ihn wankte und schlingerte; er hörte eine Stimme den tiefen Begleitton des Testaments anstimmen: ›Sieh! Er wird wiederkehren, und alles Alte soll neugemacht werden‹, und er wußte über alle Möglichkeiten des Widerspruchs hinaus, daß er auf das Gesicht des Jungen blickte.

Aber noch während er sich mühte, seine explodierende Vision zu erfassen, stieg aus der Vergangenheit eine schwarze Flut auf, stand drohend und riesig über ihm, und obwohl er aufschrie, um sie anzuhalten, wurden Licht und Zimmer und das göttliche Gesicht davongeschwemmt, um in der herabstürzenden Dunkelheit zu vergehen.

Die Ohnmacht des Bruders dauerte kaum eine Minute. Er kam mit einem Brausen in den Ohren zu sich, öffnete die Augen und sah sich auf dem Küchenboden liegen, während Susan und Jane sich über ihn beugten.

»Verzeiht mir«, murmelte er. »Diese plötzlichen Anfälle habe ich seit meiner Kindheit.«

Sie halfen ihm wieder auf seinen Stuhl, und Pots sagte mit nervösem Lachen: »Wahrhaftig, Ihr habt mich sehr erschreckt. Ich dachte, es sei vielleicht das Ale. Ihr habt so lange nichts gegessen, meine ich.«

»Vielleicht lag es auch daran«, sagte Thomas mit fahlem Lächeln.

»Wir haben gebackene Makrele zur Hand«, sagte Susan. »Seid Ihr damit zufrieden?«

»Gewiß«, sagte Thomas, »auch wenn es noch nicht lange her ist, daß ich dachte, die Fische würden sich aus mir ein Festmahl machen.«

»Ah, daran wollt Ihr sicher nicht denken«, sagte Pots.

»Doch«, sagte Thomas, »denn ich glaube, daß Jane sehr wohl diejenige sein könnte, die ein wenig Licht in meine dunklen Winkel werfen könnte. Vielleicht sogar, um mir zu sagen, warum der Vogel mich zu ihrer Tür geführt hat, wie, Jane?«

Wenn Jane die Frage gehört hatte, ließ sie sich nichts anmerken.

»Habt Ihr nicht gefragt, wie es kam, daß ich in der Somersea trieb?« setzte er nach.

»Ihr braucht es uns nicht zu sagen«, gab sie zurück. »Ich hätte nicht fragen sollen.«

»Ihr habt ein Recht, es zu erfahren«, sagte Thomas. »Ich tausche meine Geschichte gegen die Eurige. Ist das ein Handel?«

»Aber ich habe keine Geschichte anzubieten«, wandte sie ein.

»Ich glaube doch«, sagte er, »obwohl Ihr es vielleicht noch nicht wißt. Außerdem – habt Ihr vergessen, was Ihr mich gefragt habt?«

Sie sah ihn über den Tisch hinweg an, schien im Begriff zu sein, es zu leugnen, und schüttelte dann den Kopf, als wolle sie sagen: Was könntest du mir sagen, das ich nicht schon weiß?

Sie aßen eine Weile stumm, dann schob Thomas den leeren Teller weg, trank einen Schluck Ale und sagte: »Ich habe mich in Port Maenclochog im Süden von Dyffydds Königreich eingeschifft. Es war nicht das Boot, das ich mir ausgesucht hätte, wäre mir die Wahl geblieben, aber inzwischen war man mir auf den Fersen. Man hatte meine Spur in Monmouth aufgenommen und hoffte, ich würde sie zu Gyre führen. Ich beschloß, mein Vertrauen auf Dyffydds Schild zu setzen. Außerdem gab es nichts Besseres, seitdem das Proskriptionsedikt den Landweg nach Norden versperrt hatte. Wußtet Ihr, daß man in fünf der Sieben Reiche einen Preis in Gold auf unsere Köpfe gesetzt hat?«

»Aye«, sagte Pots. »In Neu-Exeter wurden fünf Royals angeschlagen.«

»Das ist das Werk Simons von Leicester. Constant hat ihm die Aufgabe anvertraut, das Edikt durchzusetzen. Da ich dem Mann begegnet bin, glaube ich gern, daß ihm seine neuen Pflichten Freude machen. Die Falken, die mich durch das walisische Gebirge verfolgten, waren Mitglieder einer Truppe, die sich die Graue Bruderschaft nannte. Sie hat die weltliche Erlaubnis, durch die Reiche zu ziehen, und ist nur Lord Simon verpflichtet. Die Tage, als jede Brut fest an ihren eigenen Hühnerhof gebunden war, sind endgültig vorbei.«

»Aber ihr habt ihnen trotzdem entwischen können.«

»Nur knapp. Die Brigg segelte mit einer Ladung Wolle und walisischer Häute für die britannischen Inseln Montag nacht mit der Mitternachtsflut. Bis Dienstag mittag hatte der Wind nach Südwesten gedreht, und bis die Küste von Cornwall in Sicht kam, war klar, daß wir in Schwierigkeiten gerieten. Der Maat und die Besatzung waren alle dafür, auf Neu-Barnstaple zuzulaufen, aber der Kapitän hatte einmal in diesen Gewässern ein Schiff verloren und zog es vor, den Sturm im Kanal zu überstehen. Man drehte bei, machte alles fest, setzte die Sturmsegel und warf einen Treibanker aus.

Eine Zeitlang schien alles gutzugehen, aber als der Wind stärker blies, begann das Schiff wie ein Faß zu rollen, und im Frachtraum verschob sich die Ladung. Zwei von den Matrosen stiegen hinunter, um sie festzuzurren, und einem davon wurde an einer Stütze ein Bein abgedrückt. Da begannen sie zu murren, daß ein Jonas an Bord sei.

Der Kapitän war der einzige, der wußte, was ich war, und er setzte sich für mich ein. Er war kein Bruder, nur ein gewöhnliches, anständiges menschliches Wesen, und wenn der Wind ein wenig nachgelassen hätte, ich wäre wohl bald wieder vergessen worden. Aber leider blies er stärker. Bis Mitternacht konnte man kaum sein eigenes Wort verstehen, so kreischte die Takelage und brüllte das schwarze Wasser. Der Kapitän kam in die Kabine und teilte mir mit, daß das Ankertau gerissen sei. ›Betet für uns, Bruder‹, sagte er, ›und auch für Euch selbst, denn ich kann sie jetzt nicht mehr aufhalten.‹

Sie packten mich, fesselten meine Arme an eine Spiere und warfen mich über Bord. Ich sah das Licht der Schiffslaterne einmal in der Dunkelheit schimmern, ein zweitesmal, dann verschwand es. Später rissen die Wolken ein wenig auf, und ich sah den Neumond zwischen ihnen schwimmen wie einen Silberfisch. Noch später ging die Sonne auf, und ich sah die Küste von Exmoor.

Den ganzen Tag trieb ich dahin, nur in Gesellschaft von Möwen, auch wenn ich einmal in der Ferne eine Bark mit weißen Segeln sah. Dann begann ich stufenweise mir selbst zu entgleiten, kehrte zurück zu den Szenen meiner Kindheit. Hinaus und wieder zurück, hinaus und zurück. Und manchmal, wenn ich zurückkehrte, stellte ich fest, daß es Nacht war, und manchmal Tag, und manchmal weder das eine noch das andere. Und das war der zweite Tag.

Bis zum dritten Tag trieb wohl schon meine Leiche in der Somersea. Ich schwebte über ihr mit den kreisenden Möwen und trauerte um sie, wie sie dort mit offenem Mund nickte, überschwemmt an ihrer Spiere und mit den grauen Fesseln schnupperte zusammen mit den grauen Robben daran. Das Band, das meine Seele festhielt, war dünner als ein Spitzenfaden, und trotzdem wollte es nicht reißen. Und so verging der dritte Tag.

Am vierten Tag war der Spitzenfaden zu einem Spinnwebfaden geschrumpft. Ich schwebte in einer Welt rosenroter Nebel, wo es weder Schmerz noch Hitze, noch Kälte gab, und trotzdem wußte ich, daß ich nicht allein war. Es war, als läge ich nachts wach und lausche jemandem, der in der Dunkelheit neben mir leise atmete. Es dauerte nur einen Augenblick, aber auf irgendeine Weise wußte ich, daß die Verbindung zwischen mir und dem armen, durchtränkten Ding an der Spiere noch ein Weilchen länger aufrechterhalten wurde, weil es dagewesen war.« Er hob die Hand und strich sich den Bart, dann sagte er plötzlich: »Und damit endet meine Geschichte. Den Rest kennt Ihr besser als ich selbst.«

Pots blinzelte ihn an, dann stand er auf, trug den Krug um den Tisch herum und füllte den Becher seines Gastes.

»Ihr habt wahrer gesprochen, als ich Euch zutraute, Freund, als Ihr mir sagtet, Ihr wärt ertrunken. Wahrhaftig, ich weiß nicht, was ich davon halten soll. Jonsey sagte, Ihr wärt weniger als einen Herzschlag vom Tod entfernt gewesen, als er Euch an Bord zog.«

Thomas nickte.

»Weniger als einen Herzschlag«, murmelte er. »Ja, Töpfer, er hat wahr gesprochen. Aber die Frage, die mich so tief beunruhigt, ist: Wessen Herz war es?«

4

Das Proskriptionsedikt, mit dem die Bruderschaft geächtet wurde, war auf den ausdrücklichen Befehl von Erzbischof Constant, dem obersten Haupt der Militanten Kirche in den Sieben Reichen, verkündet worden. In den ersten fünfzehn Jahren nach dem Märtyrertod des Jungen Thomas in York im Jahre A.D. 3000 hatte die Lehre der Bruderschaft, obschon offiziell nie anerkannt, unter der stillschweigenden Ägide des Wahren Glaubens sich ausbreiten dürfen. Indem der Schwarze Bischof (wie Constant damals genannt wurde) Thomas kühn für die Kirche beanspruchte, hatte er versucht, die Macht des wiederauflebenden Mythos vom Erscheinen und vom Kommen des Weißen Vogels der Bruderschaft zu neutralisieren. Der Geist des Jungen hatte sich aber nicht fesseln lassen. Genährt vom Atem des alten Geschichtenerzählers Peter von Hereford und dem abgefallenen Ex-Falken Gyre war der Funke des Glaubens an den Jungen hinausgeflogen auf die Straßen der Reiche und hatte im trockenen Spanholz der Menschenherzen gierige Flammen hochzüngeln lassen.

Noch vor Ende des Jahres 3001 begannen Pilger in York einzutreffen, zumeist einfache Leute, aber darunter auch der eine oder andere zu Pferd. Sie kamen, um am Grab im Münsterhof und an der Stelle auf der Stadtmauer zu beten, wo der tödliche Bolzen abgefeuert worden und der Junge gestorben war. Von da an wuchs die Zahl mit jedem Jahr, bis aus dem Getröpfel ein breiter Strom geworden war und man sogar davon sprach, in der Umgebung der Kathedrale eine Kapelle zu errichten. Dann wurde zur Mitternacht des letzten Dezembertages 3015 das erste Wunder gemeldet. Ein Kind, das von Geburt an blind gewesen war, stand mit seinen Eltern unter der Mauerwache und lauschte einem Bruder, der Thomas' ›Klage‹ spielte, als es plötzlich aufschrie, es könne den Weißen Vogel im Sternenlicht über dem Kopf des Flötenspielers schweben sehen.

Am nächsten Tag ging die Nachricht durch die ganze Stadt. Es schien wenig Zweifel daran zu geben, daß wirklich etwas Außergewöhnliches vorgefallen war. Das Kind konnte ganz gewiß sehen, und jeder, der die Kleine gekannt hatte, schwor, daß sie vom Tag ihrer Geburt an blind gewesen sei. Nichtsdestoweniger zögerte die Kirche in ihrer Weisheit, das Wunder anzuerkennen, und zog es statt dessen vor, einen gewissen Bruder Francis als Advocatus sceptici auszuschicken, der die Wahrheit an den Tag bringen sollte.

Für den Erzbischof, der ihn persönlich auswählte, schien Bruder Francis der ideale Kandidat zu sein. Ein Mann, dessen Hingabe an seinen Glauben manchmal den Fanatismus streifte, hatte er keine Zeit verloren, nicht nur das Mädchen selbst, sondern jedes einzelne Mitglied ihrer Familie zusammen mit allen Einwohnern der kleinen Cotswold-Ortschaft zu befragen, in dem das Kind lebte. Dabei kam Bruder Francis zum erstenmal in seinem Leben in enge Berührung mit einer ganzen Gemeinschaft, die sich der Lehre des Jungen verschrieben hatte. So kam es, daß er während der langen Nachtwachen mit einem Glauben zu ringen hatte, der groß genug war, sogar den seinen mit zu umfassen. Als der Mann, der er war, ritt er zurück nach York und lieferte seinen Bericht persönlich in die Hände des Erzbischofs.

Ihre Begegnung fand in der Falknerei statt, dem düsteren Turmbau aus grauem Stein, in dem die Zentrale des ganzen Säkularen

Arms der Militanten Kirche in den Sieben Reichen untergebracht war. Von einem Fenster des spartanisch eingerichteten Horstes im fünften Stockwerk aus, wo der Erzbischof wohnte, konnte man eine Gruppe von Pilgern durch den Münsterhof zum Grab des Jungen gehen sehen. Während Constant seinen Bericht überflog, blickte Bruder Francis hinab auf die winzigen Gestalten, die jetzt betend vor der schlichten Steinplatte knieten, die das Grab des Jungen bezeichnete, und er sah sich bewogen, über die Art der Macht zu staunen, die darunter lag.

Der Erzbischof beendete seine Lektüre, warf die Pergamentblätter auf den Tisch vor sich und trat zu dem Mönch.

»Vor fünfzehn Jahren stand ich mit Hauptmann Barran an ebendiesem Fenster und sah zu, wie sie die Leiche des Burschen begruben«, sagte er düster. »Ich hatte schon damals Zweifel an der Weisheit unseres Tuns.«

»Wie dies, Mylord?«

»Ich hatte auf die Legende nicht genügend geachtet, Francis: Ich roch Ketzerei in der Luft – so deutlich wie verbrannte Federn –, und trotzdem traute ich meiner eigenen Nase nicht. Und nun kommt alles so, wie Barran es vorhergesagt hat.«

»Die Bruderschaft der Menschen ist keine Ketzerei, Mylord.«

»Ihr glaubt nicht, Francis?« Die Frage war so sanft gestellt, daß jeder, der den Erzbischof weniger gut kannte als der Mönch, sie leicht für eine bloße Redefloskel hätte halten können.

»Mylord, der *Corpus juris canonici* . . .«

»Weiter, Francis. Weiter.«

Der Mönch drehte sich um und starrte ins Gesicht seines Herrn.

»Die Mitglieder der Bruderschaft predigen nur die Liebe zu ihren Mitmenschen, Mylord, und die Lehre vom Reich des Heiligen Geistes, das wir zu erreichen vermögen. Ihr Weißer Vogel ist nicht mehr als ein kurioses Symbol für ihre . . .« Seine Worte gerieten ins Stokken und erstarben ihm auf den Lippen.

»Für Euch gewiß, Francis«, gab der Erzbischof mild zurück. »Aber für sie? Dieser Vogel, den das kleine Mädchen gesehen haben will, war *das* ein Symbol! Und die Gabe des Sehens, die Euer Bericht zu bestätigen scheint, war sie auch symbolisch? Ich frage nur.«

»Ich glaube ehrlich, daß das eine Belohnung für den reinen Glauben des Mädchens war, Mylord.«

»Aber ihr Glaube *woran*, Francis? Das ist es, was mir Sorgen macht. Wir können kaum davon ausgehen, daß es ihr Glaube an das Heilige Mysterium ist, dem wir dienen. Also der Glaube an den Jungen Thomas? Oder vielleicht der Glaube an etwas, das er in der Welt freigesetzt hat und das nun wie ein bösartiger Maulwurf insgeheim in der Dunkelheit des Aberglaubens bohrt und sogar die Fundamente unserer Heiligen Kirche bedroht!«

»Wie dies, Mylord?«

»Indem Ihre höchste geistliche Autoriät untergraben wird, Francis. Glaubt Ihr wirklich, es wird auch nur den geringsten Unterschied machen, wenn wir uns weigern, dieses ›Wunder‹ zu akzeptieren? Geht hinaus in die Stadt und fragt die Ladenbesitzer nach ihrer Meinung. Ihre Antwort liegt schon in ihren Geldsäckeln. Welch besseren Beweis für Echtheit könnten sie sich vorstellen? Gebt ihnen genug Zeit, Francis, und der Junge und sein Vogel werden sogar die Straßen von York mit Gold gepflastert haben.«

»Aber das Wunder, Mylord. Was ist damit?«

»Ihr glaubt wirklich, daß es ein Wunder gewesen ist, Francis?«

»Ja, Mylord. Es erfüllt alle Anforderungen im *Codex transcendentalis*. Ich konnte sie zu keinem Zeitpunkt erschüttern.«

Erzbischof Constant schob die Unterlippe vor, atmete tief ein und seufzte schwer.

»Vor tausend Jahren konnten die Menschen solche Wunder jederzeit bewirken, Francis, und was half es ihnen? Sie hielten die ganze natürliche Welt in ihren hohlen Händen, und alles, was sie damit anzufangen vermochten, war, sie zu verwüsten und dann zu ertränken. Sie besaßen das Wissen und die Geschicklichkeit, und trotzdem fehlte ihnen die Weisheit, die allein Geschicklichkeit und Wissen Sinn zu verleihen vermag. Ja, manche von ihnen scheinen in aller Aufrichtigkeit geglaubt zu haben, sie wären nicht *vor* Gott verantwortlich, sondern *für* IHN! Und als sie endlich aus ihrem überheblichen Traum erwachten und sahen, was sie getan hatten, rangen sie die Hände und schoben einander die Schuld zu. Daß auch nur einer von ihnen geschont wurde, ist gewiß der höchstmögliche Tribut an die unendliche Barmherzigkeit des Allmächtigen.« Er warf einen Blick auf den Tisch, wo der Bericht lag, und schüttelte den Kopf. »Ich habe gelernt, allen Wundern zu mißtrauen, Francis – selbst solchen, die so gut belegt sind wie das Eure. Vor *allem* solchen, die so gut belegt sind!«

»Aber Ihr könnt doch gewiß nicht bestreiten, daß sie unseren einzigen Beweis für wahre *Sanctitus* darstellen, Mylord? Ich habe immer angenommen, es sei Eure Erkenntnis dessen gewesen, die euch veranlaßt hatte, darauf zu bestehen, daß der Junge in geweihtem Boden bestattet wurde?«

»Oh, *erkannt* hatte ich etwas, gewiß«, sagte der Erzbischof. »Es war das ganze Jahr schon in der Luft gewesen und wurde Monat für Monat stärker, als die Jahrtausendwende sich näherte. Bis zur Weihnachtszeit flogen die Gerüchte wie Federn umher und hatten etwa auch soviel Gewicht. Die ›Erscheinung‹ nannten die Narren das.«

»Das ist wahr, Mylord.«

Der Erzbischof schnaubte verächtlich.

»Und wie stehen wir da? Eine Legende: ein alter Spitzbube von Geschichtenerzähler; und ein Junge, der die Flöte bläst. Rauch, Francis. Mondgespinste. Nichts.«

»Gewiß genug, Mylord, wenn Gott sie auserwählt.«

»Die Rüge ist gerechtfertigt«, sagte der Erzbischof mit dünnem Lächeln. »Aber die Kirche braucht keine Vögel der Bruderschaft. Die in der Heiligen Schrift niedergelegte Wahrheit muß uns genügen.«

Der Mönch nickte.

»Dann habt Ihr Euch also entschlossen, Mylord?«

»Ihr habt es für mich getan, Francis. Viel besser, als ich es je gekonnt hätte. Ihr habt mir meine Fehler aufgezeigt.«

»Mylord?«

»Wahrhaftig. Vor fünfzehn Jahren übersah ich eine kleine, aber hochbedeutsame Einzelheit der Legende. Es war Barran, der meine Aufmerksamkeit zuerst darauf lenkte. Er erzählte mir, wie das Blut des Weißen Vogels im Augenblick seines Todes die Brust des Schwarzen Vogels bespritzte, der ihn getötet hatte, und von diesem Augenblick an wurde der Schwarze Vogel selbst weiß, und der ganze Kreislauf wiederholte sich. Wie bei dem anderen legendären *rara avis*, dem Phönix, barg sein Tod den Samen seiner eigenen Wiedergeburt. Hätte ich die Konsequenzen auch nur vierundzwanzig Stunden früher erkannt, wäre das Grab, das Ihr da unten seht, jetzt ein unmarkiertes Loch im Wallgraben, und das ganze Treiben wäre vergessen. Nun, vielleicht ist es zu spät, den Schaden zu beheben, aber was bleibt mir anderes übrig, als es zu versuchen? Ich überlege mir, ob ich ein Proskriptionsedikt vorbereiten soll, das die Bruderschaft als ketzerisch brandmarkt, um es in den Reichen verkünden zu lassen. Was Euren Bericht angeht, Francis, so wird er wie hundert andere – jeder auf seine Art kein Gran weniger überzeugend als der Eure – in den Weltlichen Archiven landen.«

Der Mönch verbeugte sich.

»Ihr seid enttäuscht?«

»Ich lebe nur, um zu dienen, Mylord.«

»Ja, natürlich tut Ihr das. Wir tun es alle. Nun, ich habe einen neuen Auftrag für Euch. Ich glaube, es wird für uns notwendig sein, Thomas, den Jungen, in Mißkredit zu bringen. Um das zu erreichen, kommt es darauf an, alles über ihn zu erfahren, was wir können. Das ist also Eure neue Aufgabe, Francis. Stellt fest, wo er geboren wurde, wer seine Eltern waren, wie er aufgezogen wurde, und so weiter. Alles, was ich mit Bestimmtheit weiß, ist, daß er aus Cumberland stammt. Im Kapitelhaus gibt es einen alten Schreiber namens Seymour, der etwas über ihn weiß. Fangt dort an. Ich kann Euch zwei Monate entbehren. Das sollte für unsere Zwecke mehr als genug sein. Schließlich kann der Balg, wenn ich mich recht entsinne, kaum dreizehn Sommer erlebt haben, als er starb.«

Vertraulich. Zu Händen von Erzbischof Constant in York. Unter Siegel.

Priorei St. Margaret
Kentmore
Quadragesima Sonntag, Februar 3018

›Mylord,

ich schreibe Euch in aller Demut und großer Eile zu dem Auftrag, den Ihr mir erteilt habt. Ich bin in Eurem Dienst fleißig gewesen und habe viele Leute befragt, die den Jungen Thomas kannten. Alle hier sprechen von ihm als ›Tom‹, und der Bequemlichkeit halber verwende ich diese Namensform ebenfalls.

Er wurde zur Sommersonnenwende 2986 geboren, erstgeborener Sohn und viertes Kind von Margot und Andrew Gill, Stellmacher in Stavely, Cumberland. Getauft am 5. Sonntag nach Trinitatis auf die Namen Thomas Andrew. Seine Mutter nährte ihn bis über sein zweites Lebensjahr hinaus – in dieser Gegend gängige Übung. Er scheint schon in den ersten Jahren von bemerkenswert unabhängiger Haltung gewesen zu sein – ›ganz eigene Meinung‹, ›wußte, was er nicht wollte‹, so äußerten sich seine Schwestern wiederholt über ihn. Sofort, als er laufen konnte, neigte er dazu, in die Wälder oder ins Moorland zu wandern, wo er sich mehr als einmal verirrte. Sein Vater züchtigte ihn, aber das half wenig.

An seinem zweiten Geburtstag schenkte sein Vater ihm eine geschnitzte Holzpfeife, die mit bemerkenswerter Geschicklichkeit zu spielen sich der Junge bald beigebracht hatte. Er lernte, Vogelrufe so täuschend nachzuahmen, daß es von ihm hieß, er vermöge die Vögel von den Bäumen herunterzuschmeicheln. Sein musikalisches Talent erweckte die Aufmerksamkeit eines *Morfedd von Bowness* (2910? – 2996), bekannt als ›der Magier von Bowness‹, der sich an Andrew und Margot Gill wandte und den Jungen an seinem dritten Geburtsabend (2989) als ›Fürsprech‹ forderte, wofür er dreißig Goldstücke bot und versprach, binnen zwölf Monaten die Mutter mit einem zweiten Sohn zu beschenken, wenn sie und ihr Gatte seinen Wunsch erfüllen wollten.

Die Höhe des gebotenen Betrages und Morfedds Ruf waren von solcher Art, daß sie kaum eine andere Wahl hatten, als zuzustimmen. Der Handel wurde so abgeschlossen, und Tom zog mit dem Magier auf die Insel Cartmel, um bei ihm zu leben. Zehn Monate später (April 2990) brachte Margot tatsächlich einen zweiten Sohn Stephen zur Welt, der jetzt in Stavely lebt und das Gewerbe seines Vaters ausübt.

Was diesen Morfedd betrifft, so war es mir nahezu unmöglich, Fakten und Phantastisches zu entwirren. Es werden ihm natürlich alle die üblichen Kräfte eines Zauberers zugeschrieben, aber wenn das Hörensagen nicht erbärmlich lügt, scheint er sie mit einzigartiger Diskretion gebraucht zu haben, anscheinend damit zufrieden, sich auf seinen gewaltigen Ruf zu verlassen, um seine Ziele zu erreichen. Als irische Räuber 2840 jedoch drohten, die Küstenstadt Windermere zu verwüsten, wandten die Einwohner sich an Morfedd und flehten ihn an, sie zu beschützen. Er soll das getan haben, indem er ›magische Blitze von solcher Heftigkeit hervorrief, daß zwei Schiffe der Räuber spurlos versanken und der Rest die Flucht ergriff‹. Nach meinem besten Wissen war das die einzige Gelegenheit, bei der er für den Verlust von Menschenleben direkt verantwortlich war. Nirgends bin ich einem Menschen begegnet, der bereit wäre, gegen ihn zu sprechen, wenn auch schwer zu sagen ist, ob das aus Furcht oder Verehrung geschieht. Die Eigenschaften, die ihm hauptsächlich zugeschrieben werden, sind ›gut‹ und ›weise‹, und obwohl er schon fast zwanzig Jahre tot ist, bleibt der unauslöschliche Eindruck, den er in den Gehirnen der Menschen hinterlassen hat, der eines bemerkenswerten Weisen, gütig und völlig furchtlos, der das Leben in allen seinen Erscheinungsformen liebte.

Tom verbrachte sieben Jahre unter Morfedds Vormundschaft und kehrte jeden dritten Monat nach Hause zurück, um sieben Nächte bei seiner Familie zu verbringen. Seine Schwestern schildern ihn als gut versorgt und erstaunlich glücklich, wenngleich er nur widerwillig davon berichtete, wie er seine Tage verbrachte – ›es war, als hinge ein Schloß an seinem Mund‹. Aber gelegentlich ließ er sich eine Bemerkung entschlüpfen, bei der sie sich fragten, ob er nicht weltentrückt sei, etwa, als er seiner Schwester Angela sagte, er lerne ›die Pflanzensprache‹. Aufgefordert, das zu beweisen, führte er sie hinaus in den Gemüsegarten, setzte sich mit übereinandergeschlagenen Beinen in den jungen Kohl und ›verfiel in eine Art Traum, saß so still da, daß die Schmetterlinge auf seinem Kopf landeten und ich mir gar nichts zu sagen oder auch nur mich zu ihm zu gehen traute‹. Kurz nach Toms Rückkehr nach Cartmel fiel Angela auf, daß die Pflanzen rund um die Stelle, wo er gesessen hatte, alle viel größer und kräftiger wurden als die anderen, so daß sie innerhalb eines Monats voll ausgewachsen waren, während die anderen noch immer erst eine Handbreit hoch waren.

Spät in seinem sechsten (oder früh in seinem siebten) Lebensjahr beobachtete seine Mutter, daß die Zunge des Jungen gespalten war. Sie sprach ihn darauf an und erfuhr, daß Morfedd dafür verantwortlich war. Tom erklärte ihr, das sei geschehen, damit er eine neue Art von Flöte spielen könne, die sein Lehrer für ihn gebaut habe. Seltsamerweise scheint seine Mutter dadurch nicht übermäßig beunruhigt worden zu sein, denn, wie sie sich mir gegenüber ausdrückte, ›der gute Magier hatte mir versprochen, daß mein Tom durch ihn niemals zu Schaden kommen solle, und ich vertraute darauf, daß er seinen Schwur halten würde, weil ich sehr wohl wußte, daß er den Jungen mehr liebte als sein eigenes Leben‹.

Bis zum achten Jahr des Jungen war die Vorbereitung abgeschlossen, und an seinem Geburtsabend im Juni brachte Morfedd selbst seinen Schüler zurück nach Stavely. Tom verteilte Geschenke an seine Familie – Dinge, die er im Lauf des Jahres mit eigenen Händen hergestellt hatte. Angela zeigte mir einen Kamm aus Rehknochen, den sie als Kostbarkeit hütete. Es war wahrhaftig ein echtes Kunstwerk, höchst wunderbar gefertigt und sorgfältig ausgeschmückt. Nach dem Abendessen spielte der Junge auf Morfedds Geheiß seine Flöte.

Alle, die an diesem Abend zugegen waren, erinnerten sich mit einer Lebhaftigkeit daran, die mir als höchst außergewöhnlich erschien, und sie gebrauchten alle denselben Ausdruck, um Toms Spiel zu beschreiben – ›magisch‹. Angela, die das Gedächtnis an den Jungen stärker zu bewahren scheint als irgend jemand sonst, beschrieb es mir, als ›höre man die ganze Welt Tränen reinen Glücks weinen‹. Als die Darbietung vorbei war, legte Morfedd die Hände auf die Schultern des Jungen, betrachtete ihn ›beinahe mit Staunen‹ und sagte: ›Du bist also bereit, Tom? Es ist gut. Nun können wir beginnen.‹

Zwei Jahre lang hörte seine Familie Tom seine Flöte nicht ein einzigesmal spielen, obwohl man ihn oft darum bat. Er besuchte sie noch immer regelmäßig, aber sie erlebten ihn auf seltsame Weise in sich zurückgezogen, so als sei er ›nur halb bei uns, während die andere Hälfte irgendeiner Melodie in seinem Kopf lauschte‹. Angela entsinnt sich, mit ihm auf dem Hochmoor über Sleddale gewandert zu sein, als ein Adler hoch in die Wolken hinaufstieg. Als er verschwand, wandte Tom sich ihr zu und sagte: ›Das ist es, was ich eines Tages tun werde, Angie. Ich lerne, wie man es macht.‹ Und sie erinnert sich, daß 'ich ihm halb glaubte, noch während ich lachte, weil er es so sagte, als sei es ganz natürlich‹. Ich fragte sie, ob Tom zu ihr jemals vom Weißen Vogel der Bruderschaft gesprochen habe. Sie sagte, viele Leute hätten ihr dieselbe Frage gestellt, aber die Wahrheit sei, daß er das nie getan habe, obschon in der Gegend viel davon die Rede gewesen sei, als das Jahrhundert sich seinem Ende zuneigte.

Im Herbst 2996 starb Morfedd. Er war schon Monate vorher krank gewesen. Tom kehrte von Cartmel zurück nach Stavely. Er brachte einen Brief für seine Eltern und eine zusätzliche kleine

Summe in Gold mit. Da weder Andrew noch Margot lesen konnten, trugen sie den Brief zu ihrem Priester, Pater Robert, und baten ihn vorzulesen. Bestrebt, eine Bestätigung für Margots Bericht über den Inhalt dieses Briefes zu erhalten, befragte ich den Pfarrer selbst. Er ist jetzt ein alter Mann, aber sein Gedächtnis hat nicht gelitten, und er vermochte sich an den Vorfall gut zu erinnern, wozu er, wie ich vermute, schon häufig Gelegenheit gehabt haben dürfte.

Die Botschaft war offenbar in die Form einer weitschweifigen, gereimten Prophezeiung gekleidet, deren Kern zu sein schien, daß der Junge Tom derjenige sei, auf den die Welt dreitausend Jahre gewartet habe – er sei dazu bestimmt, ›*das Tor der Dämmerung aufzuschließen*‹. Dieser Ausdruck wurde mehrmals wiederholt – sowohl der Pfarrer als die Mutter des Jungen sind darin einer Meinung. (Seinen Vater konnte ich nicht befragen, da Andrew Gill vor vier Jahren gestorben ist.) Wenn ihre Erinnerung auch nur halbwegs zutreffend ist, hat es trotzdem den Anschein, daß dieses Dokument wahrhaft prophetisch gewesen ist, wenn man es vom Standpunkt dessen aus betrachtet, was nach meinem eigenen Wissen in den Jahren seit seiner Niederschrift geschehen ist. Der Tod des Jungen selbst war deutlich vorausgesagt, auch wenn ich glaube, das sei so ausgedrückt gewesen, als habe der Verfasser das Ziel gehabt, ihn als tiefen geistigen Triumph auszulegen. (Die Parallelen hier sind zu naheliegend und zu beunruhigend, um von meiner Seite aus weiter aufgeführt werden zu müssen.) Es gab ferner einen aphoristischen Hinweis auf die ›Rückkehr‹ des Jungen – so wollte Margot es wenigstens ausgelegt wissen. Pater Robert konnte sich nicht daran erinnern, obschon er meinte, es könnte ein Hinweis darauf in einem dunklen Absatz enthalten gewesen sein, der sich auf das Kommen des ›Kindes der Braut der Zeit‹ bezog. Ein Vers beschrieb einen Schwarzen Vogel, dessen Schwingen aus scharlachroten Flammen sein eigenes Nest in Brand setzen würden, und auch diesen Hinweis auf das ›Kommen‹, das jetzt einen Teil des Glaubens der Bruderschaft darstellt, nämlich:

›*Das erste Kommen war der Mensch;*
das zweite war Feuer, ihn zu verbrennen;
das dritte war Wasser, das Feuer zu ertränken;
das vierte ist der Vogel der Dämmerung.‹

Wie Ihr Euch vorstellen könnt, Mylord, lag mir sehr viel daran, dieses erstaunliche Dokument selbst in Augenschein zu nehmen, aber Margot hatte es ihrem Onkel, dem alten Peter von Hereford, dem Geschichtenerzähler, zur Aufbewahrung übergeben, als er Stavely im Winter 3002 besuchte. Peter starb in fortgeschrittenem Alter irgendwo im hohen Norden Schottlands, schon vor vier Jahren, und ich glaube, daß das Dokument (bekannt unter dem Namen *Morfedds Testament*) in die Hände von Bruder Gyre gelangte – dem ehemaligen Falken, der für den Tod des Jungen verantwortlich war und seit diesem Zeitpunkt der unzertrennliche Begleiter des alten Mannes gewesen ist. Gerüchten zufolge versucht Gyre jetzt an den Grenzen neue Anhänger zu gewinnen. Darauf komme ich noch zurück.

Toms Vater legte nun großen Wert darauf, daß sein Sohn in seine Werkstatt eintrat, und obwohl der Junge das ohne Groll hingenommen zu haben scheint, bewog er seine Mutter offenbar zur gleichen Zeit insgeheim dazu, bei ihrem Vetter Seymour, dem Schreiber des Kapitels von York, anzufragen, ob nicht in der Kapitelschule ein Platz für ihn beschafft werden könne. Das tat sie, obwohl sie die Wünsche ihres Mannes kannte, und es kam zu einer Vereinbarung, wonach der Junge im Jahr 2999 zu Weihnachten in die Schule eintreten sollte. Ich fragte Margot, wie es gekommen sei, daß sie Andrew dazu habe überreden können, und sie sagte, das sei nicht *ihr* Werk gewesen – Tom habe ›ihn mit seiner Musik beschwichtigt und ihn überredet‹.

An diesem Punkt tritt der alte Peter in der Geschichte auf. Als Margot hörte, daß er in der Gegend sei, bewog sie ihn dazu, den Jungen nach York zu begleiten, und bot ihm für seine Mühe fünf Goldstücke an, die von Morfedd stammten. Der alte Mann stimmte zu, und die beiden machten sich Anfang November auf den Weg und erreichten York über Leyburn, Masham, Ripon und Boroughbridge in der zweiten Dezemberwoche.

Entlang dem Weg, den sie zurücklegten, ist bereits eine nahezu undurchdringliche Wildnis von Legenden entstanden. Auf meinem Weg nach Stavely sprach ich mit vielen Leuten, die an den ›Erzählungen‹ teilgenommen hatten, aber erst als ich Sedbergh erreichte, traf ich auf jemanden, der mit den beiden wirklich gesprochen hatte. Sie suchte mich selbst auf, da sie vermutlich gehört hatte, daß ich in der Umgebung Erkundigungen einzog.

Ihr Name ist Katherine Williams, 27 Jahre alt, eine Frau von bemerkenswerter Schönheit, und die Tochter eines Freisassen, eines Norris Cooperson (inzwischen verstorben), der am Oberlauf des Lune eine einsame Moorfarm betrieb. Sie erzählte mir, wie der Junge und der alte Mann an einem kalten, regnerischen Nachmittag im November 2999 auf ihrem Hof erschienen und um ein Bett für die Nacht gebeten hätten. Katherine war damals 12 Jahre alt, und der Junge scheint einen Eindruck auf ihr jugendliches Gemüt gemacht zu haben, den man nur als ›Offenbarung‹ bezeichnen kann. Ihre Worte über ihn beeindruckten mich so tief, daß ich sie teilweise niederschrieb, wie sie von ihren Lippen kamen, etwa: ›Es war, als funkelte das ganze Versprechen des Lebens in ihm wie Sonnenlicht in einem Wassertropfen . . . Es war so hell und klar, daß ich wußte, das konnte nicht von Dauer sein . . . Selbst wenn ich tausend Jahre lebe, werde ich nie mehr einem wie ihm begegnen, denn er nahm mein Herz und hauchte seine Musik hinein und gab es mir zurück . . . oh, ihr heiligen Männer, wie könnt ihr, wie könnt ihr *jemals* hoffen, das zu verstehen? Ihr schnüffelt ihm nach, ihr bohrt und stochert, und die ganze Zeit ist Tom überall, so wie er es immer war und immer sein wird. Er kam, um uns zu zeigen, was wir in uns haben und sein können, und ihr blinden Priester habt ihn getötet, weil ihr nicht sehen konntet, was wir gesehen haben!‹

Es ist nicht leicht, Mylord, den Eindruck zu vermitteln, den ihre natürlichen Worte auf mich hatten. Ich fühlte, jemandem zuzuhören, der die Quelle rein an ihrem Ursprung getrunken hatte, bevor sie von den trampelnden Hufen des Viehs verschmutzt worden war. Und gleichzeitig war ich mir bewußt, daß ich noch einmal die Stimme der jungen Josephine Wilmot hörte – des Kindes, das wieder sehen kann. Ich bin gänzlich überzeugt worden, daß der Junge eine seltsame Macht besessen hat – eine einzigartige geistige Fähigkeit, die der Weise Morfedd als erster erkannte und förderte, und ich würde meiner Pflicht Euch und unserem Glauben gegenüber nicht gerecht werden, Mylord, wenn ich Euch nicht anflehte, Eure Entscheidung, die Bruderschaft als Ketzer zu verdammen und sie in einen offenen Konflikt mit unserer Heiligen Mutter Kirche zu treiben, noch einmal zu überdenken.

In den Wochen, die von den acht mir zugestandenen noch verbleiben, gedenke ich zur Westgrenze zu reisen, wo ich mit Gottes Hilfe den Mann Gyre finden und, wie ich hoffe, von ihm den Inhalt des ›Testaments‹ erfahren werde, das die Mutter des Jungen dem alten Geschichtenerzähler anvertraut hat. Sollte ich darin Erfolg haben, werde ich das Wesentliche Eurer Lordschaft mit aller mir zur Verfügung stehenden Schnelligkeit übermitteln.

Euer gehorsamer Diener *in Deo*
Fr. Francis‹

Der Zwischenbericht von Bruder Francis wurde Erzbischof Constant Ende Februar zugestellt. Er las ihn durch, dachte über den Inhalt nach, dann schrieb er unter die Unterschrift in Klammern ein kaltes Wort des Kommentars ›(*Apostata!*)‹. Eine Woche später empfing er den *Ceremonarius*, der seine Aufnahme in das Heilige Kollegium bestätigte und ihn zum Vatikan in Turin rief. Seine letzte Amtshandlung vor der Abreise nach Italien bestand darin, ein Proskriptionsedikt zu siegeln, das die Sekte des Namens ›Bruderschaft‹ in allen Sieben Königreichen ächtete, und beauftragte Bischof Simon von Leicester, dafür zu sorgen, daß es eiligst durchgesetzt wurde.

5

»Sprecht Ihr mir jetzt von *Huesh*, Jane?«

Es war der zweite Abend des Tages nach der Rettung, ein Wunder von rosaroter und silberner Dämmerung, und er war mit der Tochter des Töpfers den Weg hinaufgewandert, der die Wölbung des Berghangs nachzeichnete, bis sie eine geschützte Aussichtsstelle erreicht hatten. Die Luft war regungslos, süß wie Milch, und von den Häusern am Hafen unter ihnen stieg der Rauch in schlanken, grauen Stäben kerzengerade empor. Weit im Osten lag die Küste von Mendip im bläulichviolетten Abendrot, und draußen auf der Somersea schwamm eine Dreimastbark, deren weiße Segel wie müde Blütenblätter herabhingen, in der Flaute über ihrem eigenen Spiegelbild. Hoch darüber funkelte ein einzelner Stern, ein Silbertropfen an einem unsichtbaren Faden.

Jane raffte ihren Rock, setzte sich auf den kurzgeschorenen Rasen und blickte auf das Meer hinaus.

»Was gibt es da zu sagen?« meinte sie. »Vater hat Euch gestern abend alles mitgeteilt, was man dazu sagen kann.«

»Ich bin sicher, daß sehr viel mehr dahintersteckt«, sagte Thomas »auch wenn das, was er mir verriet, staunenswert genug war. Was meinte er, als er sagte, Ihr wärt inzwischen weitergekommen?«

»Es ist Euch nicht in den Sinn gekommen, ihn zu fragen?«

»Erschreckt Euch das nicht manchmal ein wenig?« meinte er nachdenklich, als er sich neben ihr niederließ. »Wo kommt sie her, diese sonderbare Gabe, die Ihr besitzt? Habt Ihr Einfluß auf sie?«

»Nein, sie erschreckt mich nicht«, sagte sie. »Das ist einfach etwas, mit dem ich geboren bin, wie mit roten Haaren oder schielendem Blick. Außerdem ist es nicht so, als ließe ich diese Dinge *geschehen*. Ich sehe sie nur.«

»Aber *wie*, Jane?«

»Ich weiß nicht, *wie*«, sagte sie. »Es ist nur klar und hell, und dann ist es fort. Aber ich erinnere mich.«

»Wie ein Traum?«

»Vielleicht. Ein wenig.«

Thomas befingerte seinen Bart.

»War das so, wie Ihr mich gesehen habt?«

»Ja.« Sie lächelte schwach. »Nur wart Ihr das nicht, oder?«

»Ich weiß es nicht«, sagte er. »Ich glaube, es hätte vielleicht ich sein sollen – ich *wäre* es gewesen. Nur geschah dann etwas, das es verhinderte. Etwas, das ich nicht verstehen kann.« Er wies mit dem Kinn auf das ruhige Wasser des Meeresarms. »Draußen in der Somersea, Jane. Wißt Ihr, wovon ich rede?«

Hoch am Himmel flatterte eine einsame Möwe südwärts, schwang sich mit melancholischem Schrei nach Westen und fing mit der Brust einen letzten Hauch von Rosenschimmer auf. Fledermäuse tauchten aus Spalten in der Klippe heraus und begannen in den sich verdichtenden Schatten zu flattern und zu kreisen. Das Klatschen der Wellen tönte von der kleinen Bucht herauf.

»Dort draußen«, murmelte Jane, »unter diesem Wasser, gab es vor langer Zeit eine Stadt mit Männern und Frauen darin. Glaubt Ihr das, Thomas?«

»Natürlich. Hieß sie nicht Tauntown?«

Jane nickte.

»Ich denke oft darüber nach – frage mich, wie es war, als die Wasser kamen – was mit ihnen allen geschah.«

»Das Ertrinken dauerte viele Jahre. Manche sagen zehn, andere zwanzig, wieder andere fünfzig. Es geschah nicht wirklich über Nacht. Das ist nur eine Geschichte.«

»Aber *weshalb* geschah es? Wißt Ihr es, Thomas? War es wirklich eine Strafe Gottes?«

»Das glaube ich, ja«, sagte Thomas. »Aber vielleicht war es nur eine letzte Warnung – Gottes Weise, zu sagen: ›Kehrt um, ihr Narren. Nicht weiter. Dieser Weg führt euch nur in die Vernichtung.‹ Joseph von Birmingham sagt, ohne das Ertrinken hätte der Teufel triumphiert, und die Menschen wären innerhalb eines Jahrhunderts völlig zugrunde gegangen, weil sie nur die Angst kannten und vergessen hatten, wie man liebt.«

»Und deshalb sind sie gestorben?«

»Wir glauben es.«

Jane runzelte die Stirn.

»Woran liegt es dann, daß die Menschen immer noch Angst haben?«

»Alles Neue ist furchterregend, bis man sich ihm stellt«, sagte er. »Wie wir lernen können, sich ihm zu stellen, ist, was uns der Junge gelehrt hat. Er zeigte uns, was wir in uns haben und sein Können – daß die Wahl allein bei uns liegt. Aber in Euch, Jane, spüre ich etwas kaum weniger Wunderbares auf seine Art als Toms blendendhelle Vision der Bruderschaft – etwas, das, wie sie, fähig ist, hinauszugreifen und den menschlichen Geist neu zu formen. Gestern nacht überkam mich das wie eine Explosion reinen, weißen Lichts. Seitdem quält mich der Gedanke, daß Ihr es gewesen seid, die zu mir kam, als ich dort draußen in der Somersea trieb – Ihr, die mich nicht sterben lassen wollte.«

»Und wenn dem nicht so war?«

Thomas drehte den Kopf und sah ihr ins Gesicht.

»Sagt mir, was Ihr wißt, Jane. Denn darauf, *daß* Ihr etwas wißt, würde ich mein Leben setzen.«

Jane atmete tief und langsam ein.

»Als Ihr auf Jonseys Boot gelegen seid, dem Tod so nah, versuchte ich Eure innerste Seele zu erreichen«, sagte sie. »Das kann ich manchmal auch. Davon hat Vater gesprochen.«

Er nickte.
»Und . . .?«
Sie hob die Hände und senkte ihr Gesicht hinein, so daß ihre Stimme, als sie weitersprach, gedämpft klang, und er sich vorbeugen mußte, um zu hören, was sie sagte.
»Ich habe jemand gefunden«, murmelte sie. »Jemand *in* Euch, Thomas. Er war deutlich, aber so weit weg. Es war wie eine Stimme, die am Abend von weit her über das Wasser klingt. Ich glaube, er war von der Alten Zeit vor dem Untergang. Aber wie kann das sein?«
»War das der Mann, den Ihr ›Carver‹ genannt habt?«
Jane hob den Kopf und nickte.
»Ihr glaubt, er war das?«
»Ich weiß es nicht«, sagte sie. »Aber er war da, Thomas. Ich weiß es, weil ich ihn noch einmal fand, kurz bevor ich Euch selbst erreichte. Erinnert Ihr Euch nicht?«
»Ich erinnere mich, Euch nach ihm gefragt zu haben. An nichts sonst . . . außer . . .« Er schüttelte den Kopf. »Der *Name*«, sagte er. »An dem Namen ›Carver‹ *ist* etwas. Wie ein Traum, den ich vergessen habe. Oder vielleicht einer, an den ich mich nicht erinnern möchte.«
»Er ist verirrt«, sagte sie schlicht. »Das ist alles, was ich weiß. Ich glaube, er hat vielleicht versucht, Euch zu retten, und dabei geriet er selbst in eine Falle. Aber wie kann er tausend Jahre alt sein?«
»Der Geist ist unsterblich«, sagte Thomas. »Er kann nicht sterben.«
»Aber seine Seelenbilder sind alle von der Alten Zeit«, wandte Jane ein. »Ich habe *Maschinen* gesehen.«
»Und er ist immer noch da?«
Einen Augenblick lang wurde Jane ganz still und wachsam. Thomas starrte in ihr Gesicht und glaubte die Pupillen ihrer Augen sich plötzlich vergrößern zu sehen, bis sie die ganze graue Iris zu verschlingen schienen. Im nächsten Augenblick war sie aufgestanden.
»Kommt, Thomas«, rief sie, »es wird dunkel. Wenn wir noch länger bleiben, stolpern wir gewiß auf dem Weg nach Hause.«
»Aber wollt Ihr mir es sagen, Jane?«
»Ich glaube, es wird vielleicht *er* sein, der es Euch sagt«, erwiderte sie. »Aber ich weiß nicht, ob Ihr zuhören werdet.«

Eine Stunde später, als sie sich zum Essen niedersetzten, hörten sie an der Hintertür des Hauses ein Klopfen. Pots runzelte die Stirn, den Löffel vor dem Mund, blickte von seiner Frau zu seiner Tochter und schließlich den Tisch hinab zu Thomas.

Jane schob ihren Stuhl zurück und wollte zur Tür, als ihr Vater sagte: »Ich gehe, Mädel. Vermutlich ist es Rett.« Er trat an die Kommode, griff nach einer Kerze und hielt sie an die Flamme am glühenden Herd. Das Klopfen wiederholte sich. Der Töpfer rief: »Ich komme! Ich komme!« und stapfte hinaus in den Flur und zog die Küchentür hinter sich zu.

Sie hörten das Knacken des fernen Riegels und Stimmengemurmel. Dann schlug eine Tür, und man hörte genagelte Stiefel auf Steinplatten.

»Das sind nicht Retts Schritte«, murmelte Jane, als die Tür aufging und Pots zurückkam, gefolgt von einem jungen Mann mit Bartflaum, der mit beiden Händen eine Ledermütze umklammerte.

»Du kommst wie gerufen, Willy«, sagte Susan. »Und was bringt dich um diese Nachtzeit nach Tallon?«

»Hallo, Mrs. Thomson«, grüßte der Junge. »'Lo Jane.«

»Willy ist von Crowcombe heruntergeritten«, sagte Pots, blies die Flamme aus und erstickte den Kerzendocht zwischen Daumen und Zeigefinger. »Setz dich, Junge, und iß eine Schüssel mit.«

Der Junge lächelte schüchtern und murmelte, er wolle nicht zur Last fallen.

»Keine Last, Junge«, sagte Susan und stellte einen zweiten Stuhl neben den von Jane. »Wir haben mehr als genug für uns fünf.« Sie stellte eine Schüssel vor ihn hin, legte einen Löffel dazu, holte den Topf vom Herd und teilte dicke Brühe aus. Der duftende Dampf stieg rauchig ins Lampenlicht, als Pots seinen Platz wieder einnahm.

»Papa hielt es für das Beste, Euch gleich zu verständigen, Mr. Thomson«, sagte Willy, als er nach dem Löffel griff. »Er meint, daß sie vor morgen mittag bestimmt hier sein werden.«

»Wer?« fragte Jane.

»Falken«, sagte Pots. »Ein Trupp scheint die Küste am Exmoor und den Brendon-Bergen entlang durchzukämmen. Gestern haben sie den Nordkanal überquert. Wie viele waren es, Willy?«

»Im ganzen zwanzig«, sagte der Junge. »Ein Haufen zog hinauf nach Bicknoller, der andere Richtung Aisholt.«

»Was suchen sie?« fragte Susan.

Willy legte den Löffel hin und warf einen schnellen, scheuen Blick den Tisch hinunter zu Thomas, der in seine leere Schüssel blickte und zerstreut Brot zerkrümelte.

»Ich weiß nicht so recht, Mrs. Thomson«, sagte er, »aber Papa meinte, sie fragen, ob irgendein walisisches Schiff Zuflucht vor dem Sturm gesucht hat.«

»Und war das so?« fragte Pots.

»Nicht, daß ich wüßte, Mr. Thomson.«

»Das war alles, was sie fragten?«

Willy griff wieder nach seinem Löffel, tauchte ihn in die Suppe und schüttelte den Kopf.

»Sie wollten wissen, ob wir die letzten ein, zwei Tage Fremde gesehen hätten.«

Pots streckte die Hand aus und füllte einen kleinen Krug mit Ale.

»Fremde?« wiederholte er. »Was für Fremde, Willy?«

»Leute von der Bruderschaft, Mr. Thomson.«

Pots nickte.

»Folgt von selbst«, knurrte er. »Wie die Nacht dem Tag. Diese Aasgeier geben nicht so leicht auf, sobald sie eine Spur aufgenommen haben, wie, Thomas?«

Thomas schüttelte den Kopf.

»Die Krähen, von denen du gesprochen hast, Junge«, sagte er. »Hatten sie graue Federn?«

Willy nickte.

»Und war einer von ihnen taub – ein kleiner, dicker Mann mit hellrotem Bart?«

»Nicht taub«, sagte Willy. »Aber was den Rest betrifft, einer von ihnen war so, wie Ihr sagt.«

»Er hört mit den Augen und liest von den Lippen ab, was die Leute sagen«, erklärte Thomas.

»Dann kennt Ihr ihn?« fragte Pots.

»Ja, ich kenne ihn«, sagte Thomas. »Wir sind uns zuletzt in der Falknerei von Newbury begegnet. Man könnte sagen, ich habe die Ehre, sein persönliches Zeichen zu tragen. Sein Name ist Bruder Andrew, und wenn in dieser Welt eines sicher ist, dann dies, daß er denselben Fehler nicht zweimal begehen wird. Er wird mich nicht ein zweitesmal lebend entwischen lassen.«

Es war Jane, die das Schweigen nach dieser düsteren Bemerkung brach.

»Was wollt Ihr tun, Thomas?«

Thomas lächelte schwach.

»Glaubt mir, Jane, ich befasse mich überaus gründlich mit dieser Frage. Es wird gewiß niemandem dienen als ihnen, wenn ich hier gefunden werde.«

»Man wird Euch hier nicht finden«, sagte sie. »Das weiß ich.«

»Und woher weißt du das so genau, Mädel?« fragte Pots.

»Weil ich Thomas heute abend mit der Elster gesehen habe. Kurz bevor wir zurückkamen.«

»Mit der Elster? Bist du sicher?«

»Natürlich bin ich sicher. Ich wollte es dir ohnehin sagen.«

»Wo soll das sein?«

»Das weiß ich nicht.«

Willy löffelte den Rest seiner Suppe, schob den Stuhl zurück und stand auf.

»Ich mache mich lieber wieder auf den Weg, Mr. Thomson«, sagte er. »Papa will nicht, daß ich lange ausbleibe.«

»Du bist ein guter Junge, Willy«, sagte Pots. »Und wir sind dir und deinem Vater sehr dankbar. Sag ihm das von mir. Aber sonst lieber nichts. Verstehst du?«

Der Junge nickte.

»Gute Nacht, Mrs. Thomson. Gute Nacht, Jane. Und auch Euch eine gute Nacht, Sir. Ich bin froh, daß ich ein bißchen nützlich sein konnte.«

»Gute Nacht, Willy«, sagte Thomas, hob die rechte Hand und machte das Zeichen des Vogels über dem Jungen. »Friede sei mit dir.«

Pots brachte Willy zur Tür, verabschiedete sich von ihm und kehrte zu den anderen zurück.

»Wenn Ihr vor dem Morgen weit weg sein wollt, Freund Thomas, dürft Ihr keine Zeit verlieren«, sagte er. »Ihr müßt bei Tagesanbruch von der Bucht fort sein, sonst wird Euch ein scharfes Auge entdekken, und die Jagd geht auf der anderen Seite los. Wie kommt es überhaupt, daß sie Euch so hart auf den Fersen sind? Sie können doch nicht mehr im Ernst hoffen, daß Ihr sie zu Gyre führt.«

Thomas schüttelte den Kopf.

»Ich habe zwei Dinge, die Bruder Andrew sehnlich begehrt: meinen Kadaver und etwas viel Kostbareres, das mir Gyre selbst anvertraut hat.« Er berührte mit den Fingern der rechten Hand die linke Schulter seines vom Salzwasser fleckigen Lederkollers. »Wir von der Bruderschaft kennen es als ›Morfedds Testament‹. Gyre hat mich unter Eid verpflichtet, es zum Sanktuarium bei Corlay in der Bretagne zu bringen.«

Pots Brauen stiegen hoch.

»In der Bretagne, wie? Dann war die Handelsbrigg, auf die Ihr in Wales geschlichen seid, kein so blinder Zufall, wie Ihr es gestern abend dargestellt habt?«

»Glaubt mir, Töpfer, sie war nicht das, was ich mir ausgesucht hätte«, sagte Thomas. »Aber ich verstehe, was Ihr meint.«

Der Sichelmond war gerade über den Rücken der östlichen Mendips gekrochen, als drei Gestalten in Umhängen mit Kapuzen aus dem Haus des Töpfers huschten und sich nach einem geflüsterten Abschied von Susan lautlos auf dem grasbewachsenen Pfad davonbewegten, der den Konturen des Berges über Tallon folgte. Im Farn und in den Büschen regte sich bereits Wind und dämpfte das leise Rauschen der Brandung. Jane war die letzte in der Reihe, schob sich nah an Thomas heran und flüsterte: »Die Brise wird uns gewiß über die Bucht befördern, bevor der Hahn kräht. Der Vogel meint es wahrlich gut mit uns.« So, als wolle sie ihre Worte unterstreichen, sank in diesem Augenblick eine Schleiereule auf der Jagd herab, riesig und lautlos über ihren Köpfen, bevor sie über den geduckten Dächern des Ortes davonfegte.

Zwanzig Minuten später zog Pots die brennende Laterne heraus, die er unter seinem Umhang verborgen hatte, und führte sie den steilen Zickzackweg hinab zu der winzigen Bucht, wo Janes Boot am Strand lag. Er stellte die Laterne auf die Steine und nahm den Umhang ab.

»Am besten takeln wir sie am Ufer auf«, murmelte er. »Nehmt die andere Seite, Thomas. Bring die Laterne, Mädel.«

Das kleine Boot wurde mit scharrendem, polterndem Kiel über die Steine am Strand hinuntergezogen, wo die verebbenden Wellen in schwachen Linien sternhellen Schaums zerbrachen. Pots zog rasch die Nock des braunen Sturmsegels hoch und machte das Fall am Mast fest. Das Segeltuch hing dunkel vor dem sternbepunkteten Himmel und zitterte wie ein Fledermausflügel. Jane ließ das Ruder in den Spillen einrasten und legte die Riemen in die Dollen. Pots stemmte das Boot hinaus, bis das Wasser seine Oberschenkel umspülte.

»Hinein mit Euch«, sagte er.

Thomas kletterte hinein, gefolgt von Jane. Pots kehrte ans Heck zurück.

»Die Flut wird euch wohl bis Tagesanbruch in die Culmstock-Bucht schieben, Janie«, meinte er. »Aber wenn ihr merkt, daß sie's nicht tut, haltet direkt auf Keardley Point zu. Wie's auch kommt, wir erwarten dich zum Abendessen zurück, es sei denn, das Wetter schlägt um.«

Jane legte den Arm um seinen Hals und küßte ihn.

Pots wandte sich Thomas zu und streckte die Hand aus.

»Seid gegrüßt, Bruder«, sagte er rauh. »Hoffen wir, diese Reise bringt mehr Glück als Eure letzte, wie? Glückliche Reise, und möge Euch der Himmel schützen. Hier, nehmt das. Ihr könnt es vielleicht gebrauchen.« Er zog eine lederne Börse heraus und drückte sie Thomas in die Hand. »'s ist nicht viel, aber ein, zwei Mahlzeiten könnt Ihr damit bezahlen. Vielleicht begegnen wir uns eines Tages wieder – und lachen über das Ganze, wie? Und nun fort mit Euch!«

»Gottes Segen mit Euch, und mein Dank, Töpfer. Wenn je ein Mann das verdient hat, dann seid Ihr es.«

»Was uns gehört, ist Euer, Thomas. Greift in die Riemen, Mann! Ihr seid auf Fahrt!« Pots bückte sich und stieß das kleine Boot hinaus über die Wellen, sah ihm eine Minute nach, drehte sich um und watete an Land.

Thomas verlor den Töpfer in der Dunkelheit bald aus den Augen, aber er sah die Laterne aufschimmern und erriet, daß er ihnen immer noch nachblickte. Dann blähte der Wind das Segel, und er konnte die Riemen einziehen.

»Ihr könnt wirklich von Glück sagen, einen solchen Vater zu haben, Jane«, murmelte er. »Ich bin nie einem gütigeren Mann begegnet. Wie ist er nach Tallon gekommen?«

»Mit dem Schiff, Thomas«, sagte sie und lachte. »Vater ist im

Vierten Königreich geboren, in Lutown. Sein Vater und Großvater waren beide Töpfer. Er kam fünf Jahre vor meiner Geburt nach Tallon.«

»Und wann war das?«

»Mein Geburtsdatum? Der erste Tag dieses Jahrhunderts. Die erste *Minute*, sagt Vater. Ich weiß nichts davon.«

»Ihr habt Euren ersten Atemzug also getan, gerade als der Junge seinen letzten tat.«

»Aye, so scheint es. Um ehrlich zu sein, ich habe mich manchmal gefragt, ob Tom von seinem Ende sehr viel mehr wußte, als ich von meinem Anfang. Ich meine das nicht als Sakrileg, Thomas.«

Das kleine Boot hüpfte über die Wellen wie eine Ente. Thomas lehnte sich mit dem Rücken an den leise knarrenden Mast und blickte hinauf zu den schwankenden Sternen.

»Hätte ich nur meine Flöte dabei«, murmelte er, »denn mein Herz ist in diesem Augenblick voll Musik – voll von eben dem Lied, das mich vor so viel Jahren in die Bruderschaft geführt hat.«

»Und wo ist Eure Flöte?«

»Wer weiß, Jane? Wahrscheinlich schwimmt sie in der Somersea. Die Matrosen werden sie mir bestimmt nachgeworfen haben. Aber das macht nichts, ich werde mir bald eine neue machen. Inzwischen hindert mich nichts, sie in meinem Kopf zu spielen. Geisterhaftes Spiel ist manchmal besser als das richtige.«

»Habt Ihr Gyre spielen hören?«

»Gewiß habe ich das. Sehr oft sogar.«

»Ist das so wunderbar, wie die Menschen sagen?«

»Gyre spielt gut – manchmal *sehr* gut.«

»Aber . . .?«

»Ah, Ihr durchschaut mich zu gut, Jane. Ich kann Euch nichts verbergen. Als ich ein, zwei Jahre jünger war, als Ihr jetzt seid, hörte ich den alten Peter das erstemal die Geschichte vom Jungen erzählen, und Gyre spielte dazu. Und *das* war wunderbar. Der Weiße Vogel schwebte die ganze laue Sommernacht über mir. Ich hatte das Gefühl, alles tun zu können, was ich mir vornahm, und vor allem wollte ich diesen Augenblick ausdehnen bis zum Ende der Zeit – sogar über den Tod hinaus – genauso, wie der Junge es getan hatte. Ich kannte die höchste Freude, etwas zu besitzen, das nur im Geben existieren kann. Am nächsten Tag kniete ich vor dem alten Peter und wurde von seiner Hand getauft. Drei Jahre lang folgte ich ihnen kreuz und quer durch die Sieben Reiche, und dann, in einer Winternacht direkt an der Nordgrenze, wurde Gyre krank und konnte nicht spielen. Der alte Peter bat mich, für ihn einzuspringen, obwohl es in unserer Gruppe zwei andere Flötenspieler gab, die erfahrener waren als ich und die er hätte einsetzen können. Ich kannte alles auswendig, und trotzdem kam es mir in dieser Nacht so vor, als hörte ich alles zum erstenmal. Und als Peter zu der Stelle kam, wo der Junge für den Farmer und seine junge Tochter spielt, schien die Flöte wie von selbst an meine Lippen zu gehen, und der Junge spielte *durch mich*, war *in mir, war ich*! Thomas von Norwich gab es nicht mehr – er hatte kein eigenes Sein und wollte keines haben. Da wußte ich, daß Gyre nie so würde spielen können, und sollte er tausend Jahre leben.«

Das Boot, das jetzt frei lief, hatte das Ufer von Quantock hinter sich gelassen und glitt über die lange, träge, schwarze Dünung im offenen Meer. Hinter ihnen schimmerte die Kielspur, im blassen Mondlicht phosphoreszierend, brodelte auf und verschwand.

»Als ich Euch das erstemal sah«, sagte Jane, »im Schiffsraum der ›Kingdom Come‹, und versuchte, Eure Seele zu erreichen, fand ich etwas, das ich nie zuvor in irgendeinem Menschen gefunden habe. Es war wie ein seltsamer, heller Rauch, und trotzdem wußte ich, daß es etwas mit dem Jungen zu tun hatte. Da dachte ich, Ihr wärt Gyre, weil mir schien, daß nur jemand, der den Jungen im Leben gekannt hatte, ein solches Gefühl von ihm haben konnte. Aber jetzt kann ich sehen, daß er für Euch und in Euch *lebt.*«

»Der Junge lebt in allen von uns, Jane. Vielleicht mehr in Euch als in mir. Wir, die wir aus seinem Becher trinken, wissen, daß er immer randvoll ist und überläuft.«

»Für mich sind das nur schöne Predigerworte, Thomas. Der Junge kann nicht *wirklich* in Euch sein – nicht so, wie es Carver ist.«

»Davon weiß ich nichts«, sagte Thomas.

»Aber Carver *ist* da, Thomas. Ich *weiß* es. Stört Euch das nicht?«

»Vielleicht, wenn ich wirklich glauben könnte, daß es ein solches Wesen gibt.«

»Aber Ihr selbst seid es gewesen, der uns gesagt hat, daß Ihr ihm Euer Leben verdankt!«

»Ich schulde so vielen Menschen mein Leben, Jane. Unter anderem Euch und Eurem Vater.«

»Ihr wißt, daß ich das nicht meine. Carver hat Euch veranlaßt, weiterzuleben, als Ihr sterben wolltet. Das habt Ihr selbst gesagt.«

»Nun, vielleicht hat er das getan. Aber ich habe ihn nicht darum gebeten.«

Jane schüttelte ein wenig mehr Segeltuch heraus, dann befestigte sie das Tau geschickt wieder am Mast. Sie drehte den Kopf und blickte zurück zu dem schwarzen Buckel der Insel Quantock, dann nach vorn zur hochragenden Dunkelheit, die Blackdown war.

»Wir müssen jetzt über Taunton sein«, sagte sie. »Als ich klein war, mit Vater im Boot unterwegs, redete ich mir immer ein, ich könnte tief unten die Glocken läuten hören.«

»Und konntet Ihr?«

»Manchmal. Aber nur in meinem Kopf. Vater meint, daß alle Glocken dort unten längst weggerostet wären. Aber ich mache mir trotzdem manchmal Gedanken darüber. Wie es in der Alten Zeit gewesen sein muß, meine ich. Glaubt Ihr, es ist wahr, daß sie in metallenen Vögeln am Himmel flogen und Fuhrwerke hatten, die von unsichtbaren Pferden gezogen wurden?«

»Ja, Jane. Das ist alles wahr.«

»Warum konnten sie sich dann nicht vor der Flut retten?«

»Viele konnten es ja. Sonst wären wir beide, Ihr und ich, jetzt nicht hier.«

Jane dachte eine Weile schweigend darüber nach, dann sagte sie: »Glaubt Ihr, daß es geschehen *mußte*, Thomas?«

»Was? Daß wir jetzt hier sind?«

»Alles. Die Flut, die Sieben Königreiche, der Junge. Alles.«

»Was meint *Ihr*?«

»Das ist es ja, Thomas. Ich weiß nicht, was ich denken soll. Geschehen die Dinge, die ich *huesh* sehe, weil ich sie so sehe, oder sehe ich sie so, weil sie geschehen werden?«

»Aber bin ich nicht der lebendige Beweis dafür, daß sie sich nicht immer erfüllen?«

»Das ist es, was ich nicht begreifen kann, Thomas. Es ist das einzige Mal in meinem Leben, daß ein *Huesh* sich nicht erfüllt hat. Und doch habe ich Euch nackt im Tang umhergeschwemmt gesehen, so klar wie nur irgend etwas. Ich war so sicher, Euch zu finden, daß ich noch zweimal allein hingegangen bin, um Euch zu suchen.«

»Es könnte noch immer geschehen.«

»*Sagt* das nicht!« rief sie mit plötzlicher Leidenschaft. »Das ist alles vergangen und vorbei. Es muß so sein.«

»Ich bin sehr froh, das zu hören«, erwiderte er lächelnd. »Ich habe für ein Leben genug vom Ertrinken.«

»Ihr lacht, weil Ihr nicht an *Huesh* glaubt!« sagte sie.

»Nein«, sagte er. »Ich lache, weil ich noch am Leben bin, Jane. Und weil Ihr hier bei mir seid. Und weil die Sterne über mir lachen. Und weil ich wieder auf dem Weg nach Corlay bin. Wenn ich nicht mehr lachen kann, weiß ich, daß für mich die Zeit gekommen ist, zu sterben.«

»Das sind gute Gründe«, sagte sie, »aber Ihr habt mir immer noch nicht gesagt, ob Ihr an *Huesh* glaubt.«

»Ich glaube an *Euch*, Jane. Und ich weiß, daß *Ihr* daran glaubt. Genügt das nicht?«

»Doch«, sagte sie. »Das genügt.«

6

Die Intensivstation befand sich im Nordflügel der Klinik. Von den Fenstern im vierten Stock aus hatten jene Patienten, die in der Lage waren, hinauszusehen, einen Blick nach Westen über das Tal von Taunton zu den Brendon-Bergen und nördlich zu den Quantocks. Nur wenige nützten ihn, denn im Juni 1986 wirkte die Aussicht, die den Geist hätte erheben sollen, nur bedrückend.

Rachel Wyld war keine Ausnahme. Sie starrte mit leeren Augen auf die triefende Landschaft, während die Regentropfen an die Fensterscheibe von Station 3 trommelten und als endlose, träge Tränen herabrannen. Auf dem Bett hinter ihr lag der Mann, den sie liebte, wie eine Leiche, während die über ihm hängenden Dauerinfusionen von Kochsalz- und Traubenzuckerlösung in Zeitlupe das Weinen an der Fensterscheibe nachahmten. Nur die Monitorschirme beharrten mit dem Rhythmus ihrer gleichgültigen Impulse darauf, daß Michael Carver theoretisch noch am Leben war, drei Tage nachdem man ihn aus dem Forschungszentrum Livermore hierhergebracht hatte.

Rachel wandte sich vom Fenster ab, ging langsam zum Bett und starrte auf das ausdruckslose Gesicht hinunter.

»Wo, um alles in der Welt, bist du, Mike?« flüsterte sie. Sie hätte ebensogut die Steinfigur auf einem Grabmal ansprechen können, was die Reaktion anging. Sie senkte den Kopf, bis ihre Lippen die seinen schwach berührten, und spürte, schwach wie das Streifen eines Mottenflügels an ihrer Wange, den kaum merklichen Hauch seiner Atmung. Als sie Schritte im Korridor hörte, richtete sie sich auf und trat wieder ans Fenster.

Die Tür öffnete sich, und eine Stationsschwester kam herein. Sie zeigte Rachel ein kurzes, aseptisches Lächeln, ging raschelnd zum Bett und überprüfte die Infusionen. Dann nahm sie ein Klemmbrett vom Fußende des Betts und betrachtete die Monitorschirme.

»Ist das nicht ein grauenhaftes Wetter?« meinte sie.

Rachel gab ihr recht.

»Es heißt, die Überschwemmungen reichen hinauf bis Nynehead. Man kann das fast nicht glauben.« Die Schwester notierte schnell einige Zahlen und hängte das Klemmbrett wieder ein. »Und jetzt ist es, glaube ich, Zeit, ein bißchen Ordnung zu machen«, erklärte sie. Sie beugte sich über das Bett, zog einen Batterierasierer aus der Tasche und begann Wangen und Kinn des Bewußtlosen summend von den Bartstoppeln zu befreien.

Rachel beobachtete sie mit einer Art entsetzter Gebanntheit.

»Ist das wirklich nötig?« fragte sie schwach.

»Mr. Phillips macht in fünf Minuten seine Visite«, teilte ihr die Schwester mit. »Wir möchten doch nicht, daß unser Mr. Carver verwildert aussieht, oder? So. Ist das nicht besser?«

Rachel sah sich von einer leichten Hysterie gepackt.

»Mein Gott«, stammelte sie. »O Gott, das ist zu makaber. Haben Sie nicht seine Fingernägel vergessen?«

Die Schwester wurde ein wenig rot und schob den Rasierapparat in die Tasche.

»Tut mir leid, wenn Sie das komisch finden«, gab sie frostig zurück. »Ich tue nur meine Pflicht.«

»Ich weiß, ich weiß«, flüsterte Rachel. »Es tut mir leid. Aber es kommt einem so – ach, ich weiß nicht.«

Die Schwester war etwas besänftigt und glättete die Bettdecke.

»Sie sind Doktor Carvers Verlobte, nicht wahr?«

»Wir leben seit drei Jahren zusammen«, sagte Rachel tonlos. »Im

Mai drei Jahre. Und im Oktober erwarte ich sein Kind. Was bin ich damit?«

Die Schwester richtete sich auf und sah die schlanke Gestalt mit Berufsblick an. Die strengen Falten um ihren Mund wurden merklich weicher.

»Ach, er kommt schon zu sich«, meinte sie. »Das ist nur eine Frage der Zeit – der Geduld. Wir tun, was wir können, wissen Sie.«

»Ja, ich weiß«, sagte Rachel. »Ich weiß es wirklich. Ich habe nur die letzten Nächte nicht so gut geschlafen. Ich hatte die abscheulichsten Träume.«

»Haben Sie nichts, was Sie einnehmen könnten?«

»Nichts, was zu wirken scheint.«

»Kommen Sie mit ins Stationszimmer. Ich gebe Ihnen *Sieston.* Das Beste, was es gibt. Wenn Sie Lust haben, bringen wir auch eine Tasse Tee her.«

Und Rachel, die sich nicht mehr helfen konnte, brach in Tränen aus.

Kurz nach acht Uhr an diesem Abend läutete in Dr. Carvers Wohnung das Telephon. Rachel ging in die Diele und nahm den Hörer ab.

»Sind Sie das, Rachel? Hier ist George.«

»Oh, hallo, George.«

»Haben Sie gegessen?«

»Nein, bis jetzt noch nicht.«

»Wenn ich also irgendein exotisches Gericht bei den Chinesen besorge und mitbringe, könnte ich Sie dazu überreden, es mit mir zu teilen?«

»Möglich.«

»Ausgezeichnet. Schalten Sie den Herd ein und erwarten Sie mich in etwa zwanzig Minuten.«

Er legte auf. Rachel ließ den Hörer auf die Gabel fallen, ging in die Küche und schaltete das Backrohr ein, fast ohne es wahrzunehmen.

Punkt halb neun läutete es, und sie öffnete die Tür. Dr. Richards stand an der Schwelle, in der einen Hand einen tropfenden Schirm, in der anderen eine Papier-Tragtasche. Unter dem Arm mit der Tragtasche ragte eine eingewickelte Flasche hervor.

»Huhn und Garnelen-Chop Suey und Schweinefleisch süß-sauer mit ausgewählten Beilagen«, verkündete er. »Da, nehmen Sie die Flasche.«

Rachel ging voraus in die Küche, und während sie die Speisen in die heißen Teller tat, fand George einen Korkenzieher und machte sich an die Arbeit.

»Ich bin unterwegs an der Klinik vorbeigefahren und habe mich mit Phillips unterhalten«, sagte er. »Sie sind am Nachmittag dort gewesen, höre ich.«

»Ja«, sagte sie. »Ich war da.«

»Man scheint wirklich alles im Griff zu haben, nicht?«

Rachel sah ihn an, sagte aber nichts. Der Korken flutschte mit leisem Knall heraus. George goß einen Schluck Wein in ein Glas, probierte, schmeckte ab, schluckte und füllte die beiden Gläser. Er reichte Rachel eines davon, hob das seine und stieß mit ihr an.

»Prost«, sagte er leise. »Auf Mike.«

Rachels Lippen bewegten sich lautlos.

»Ich weiß«, sagte er. »Kommen Sie, schaffen wir das Zeug ins andere Zimmer.«

Sie setzen sich einander gegenüber, das Tablett mit dem Essen auf einem niedrigen Tisch zwischen sich.

»Ich habe heute nachmittag ein Transatlantikgespräch mit Pete Klorner geführt«, sagte George, löffelte Chop-Suey auf einen Teller und reichte ihn hinüber.

»Mit wem?«

»Pete Klorner. Den ich kennengelernt habe, als ich in den Staaten war. In Stanford. Ich habe doch von ihm erzählt, oder?«

»So? O ja, ich glaube. Und?«

»Er kommt herüber.«

»Er kommt? Warum?«

»Er glaubt, vielleicht helfen zu können.«

Rachel legte die Gabel weg und nippte an ihrem Glas.

»Helfen?« wiederholte sie unsicher. »Mike helfen?«

»Richtig.«

»Aber wie kann er das?«

»Ich bin nicht *sicher*, daß er es kann, Rachel, aber ich glaube, es besteht eine Möglichkeit. Er glaubt das auch.«

»Und wer bezahlt das? Sie?«

»Das Institut, versteht sich. Ich habe heute vormittag mit dem Prof. darüber gesprochen. Er ist sehr dafür.«

Rachel nickte.

»Und was glaubt Ihr Mr. Klorner tun zu können?«

»Er glaubt vor allem, daß er uns helfen kann, die Art von Mikes AKE-Kontakt festzustellen.«

Rachel starrte ihn an.

»Das ist nicht Ihr Ernst.«

»O doch«, sagte George. »Und seiner auch.«

»Und was dann?«

»Pete ist ziemlich sicher, daß ein direkter kausaler Zusammenhang zwischen diesem Kontakt und Mikes Koma besteht. Er glaubt, einen Weg zu kennen, wie man die Muster auflösen kann, die wir vom Bereich der Zirbeldrüse aufgezeichnet haben. Ich weiß, das klingt unglaublich, Rachel, aber Klorner ist nicht der Mensch, so etwas zu behaupten, wenn ihm nicht Ernst damit wäre. Nun gut, es steht vielleicht hundert zu eins, aber was bleibt sonst übrig?«

»Ich weiß es nicht«, sagte sie teilnahmslos. »Was ist mit der Droge, die Sie ihm gegeben hatten?«

»Mike hat die letzten Spuren von Y-Dopa vor über sechsunddreißig Stunden ausgeschieden. Ich habe mich bei Phillips rückversichert.«

Rachel spießte ein Stückchen Hühnerfleisch auf und kaute stumm.

»Und wenn wir nun einfach einmal unterstellen, Klorner hätte recht«, sagte sie schließlich. »Was geschieht dann?«

»Das weiß ich einfach nicht, Rachel. Wir tappen alle im Dunkel. Aber ich halte es für möglich – nur für *möglich* –, daß wir, wenn es uns gelingt, Mikes Kontakt aufzuspüren – die Person festzunageln, meine ich – dann . . .«

»Was dann, George?«

Dr. Richard breitete hilflos die Arme aus.

»Wenigstens wäre das *etwas*«, sagte er.

»Ja, Sie haben natürlich recht, George«, sagte sie. »Wenigstens würden Sie etwas *tun*. Das ist besser, als hier herumzusitzen, bis es Zeit ist, wieder zur Klinik zu kriechen und sich vor die verdammten Monitorschirme zu stellen.«

»Kommen Sie, Sie essen ja nicht«, sagte er. »Versuchen Sie davon etwas. Das ist wirklich gut.«

Rachel ließ zu, daß er ihr nachlegte.

»Diese AKE«, sagte sie. »Was ist das *wirklich*, George?«

»Wir wissen es nicht, ganz ehrlich gesagt. Außerkörperliche Berührung von Geist zu Geist, das scheint die Sache am ehesten zu bezeichnen. Jedenfalls war das Mikes Theorie.«

»Dieser ›Kontakt‹, den er hatte – oder von dem Sie glauben, daß er ihn hatte – bedeutet also was? Daß er sich im *Geist* eines anderen Menschen aufgehalten hat?«

»Das halten wir für möglich.«

»*Ist* das so, George? *Wirklich*?«

»Nun ja, Mike dachte das auch, wissen Sie.«

Sie nickte.

»Und wenn es Ihnen wirklich gelingt, diesen – diesen ›Kontakt‹ – diese andere Person – aufzuspüren, was erwarten Sie? Was glauben Sie vorzufinden? Mikes *Geist*, Herrgott noch mal?«

Dr. Richards Gesicht sagte genug, aber er zuckte nur die Schultern.

»Und was dann? Sagen Sie zu ihm oder ihr oder weiß der Himmel was es ist: »Hab ich dich, Mike! Ich verlange meine zehntausend Pfund in Euro-Schatzpapieren!‹ oder vielmehr: ›Gib ihn frei! Ich treibe dich hiermit im Namen Beelzebubs aus!‹?«

»Wissen Sie«, sagte George mit schiefem Grinsen, »ich glaube, ich würde sogar das versuchen, wenn ich der Meinung wäre, das würde ihn zu uns zurückbringen.«

»Es tut mir leid, George. Ehrlich, ich möchte wirklich nicht bissig sein. Aber Sie können sich einfach nicht vorstellen, wie *nutzlos* ich mir vorkomme – einfach überflüssig. Sagen Sie, wann erwarten Sie Klorner?«

»Am Freitag.«

»Wohnt er im Center?«

»Er wird im VIP-Flügel untergebracht.«

»Kann ich ihn kennenlernen?«

»Selbstverständlich. Ich halte das ohnehin für angebracht. Warum verabreden wir uns nicht für Samstag zum Mittagessen? Dann hat er Zeit gehabt, seinen Überschallflug zu verdauen.«

*

Rachel verspätete sich zum Mittagessen. Das Hochwasser hatte die Fundamente einer Brücke vor Petherton unterspült, und die Straße war wegen Reparaturarbeiten vorübergehend gesperrt. Gezwungen, einen weiten Umweg durch ein Labyrinth unbekannter Straßen zu machen, kam sie erhitzt und nervös zwanzig Minuten zu spät im Center an und erfuhr am Empfang, daß Dr. Richards sie im Aufenthaltsraum erwarte.

George stand an der Bar, mit dem Rücken zu ihr, anscheinend tief im Gespräch mit einem grauhaarigen, älteren Mann, der ganz in Schwarz gekleidet war – oder zumindest einen so dunklen grauen Anzug trug, daß der Unterschied nicht mehr ins Gewicht fiel. Er bemerkte sie sofort und flüsterte George etwas zu, der sich umdrehte, lächelte und sie heranwinkte.

»Ich fing schon an, mich zu fragen, wo Sie geblieben sind«, sagte er. »Was war los?«

Sie berichtete atemlos und entschuldigte sich, während Klorner wohlwollend lächelte und ihr erzählte, wie ihn das Ausmaß der Überschwemmung um Bristol überrascht habe.

»Aus der Luft sieht das aus wie in den Everglades-Sümpfen in Florida«, sagte er. »Ihre Bauern werden sich Sorgen machen.«

Rachel ließ sich von George einen Campari Soda besorgen und bemühte sich um Freundlichkeit.

»George hat mir erzählt, daß Sie schon einmal in Hampton gewesen sind, Mr. Klorner«, sagte sie. »Wann war das?«

»Ende der sechziger Jahre, Miss Wyld. Lange her.«

»Und seitdem sind Sie nicht mehr in England gewesen?«

»O doch, sogar mehrmals. Aber nur in den Ferien. Ich habe noch Verwandte in Yorkshire.«

Rachel war überrascht.

»Dann sind Sie gar kein echter Amerikaner?«

»Jetzt bin ich es«, sagte er. »Aber geboren bin ich in Sheffield.«

George sagte: »Wenn niemand etwas dagegen hat, wären wir gut beraten, wenn wir unsere Getränke mit in den Speisesaal nehmen, solange es noch etwas zu essen gibt.«

Beim Mittagessen faßte Rachel den Mut, Klorner direkt zu fragen, wie er glaube, Mike helfen zu können.

»Ich bin nicht *sicher*, daß ich es kann, Miss Wyld – ich wünschte, ich wäre es – aber es fügt sich gerade, daß ich im Besitz gewisser technischer Daten bin, die wir '68 in Hampton erarbeitet haben – Daten, die aus einer Vielzahl ethischer Gründe nie angewendet wurden. Ich habe die Hoffnung, daß sie uns helfen könnten, die Art von Doktor Carvers Koma zu analysieren.«

»Und was für Daten sind das?«

Klorner legte seine Gabel weg, betupfte die Lippen mit der Serviette und trank nachdenklich einen Schluck Wein.

»Im Grunde betreffen sie eine Methode, die wir entwickelt haben, um Gehirnstromspannungen – ›Gehirnwellen‹, wenn Sie so wollen – auf verschiedenen Ebenen darzustellen. Wir nannten das den ›Enzephalo-Optik-Umwandler‹ – kurz EOU. Doktor Richards' Team arbeitet derzeit daran.«

»Und wie funktioniert das?«

»Wir hoffen, daß wir damit sehen können, was Doktor Carver gedacht hat.«

»Sehen?« Rachel war völlig entgeistert. »Sie meinen doch nicht *wirklich* sehen?«

Klorner lächelte und nickte.

»Klingt phantastisch, nicht wahr?« sagte er. »Aber genau das meine ich.«

»Nicht bloß Wellen und Punkte und dergleichen?«

»O nein«, versicherte Klorner. »Wirklich sehen. Wenn er an den Buckingham-Palast gedacht hat, dann werden wir ihn sehen – oder genauer, wir werden seine eigene visuelle Vorstellung davon sehen. Jedenfalls genug, um uns einen Hinweis darauf zu geben, was ihn geistig beschäftigte.«

»Eine Maschine, die Gedanken sieht«, sagte sie.

»So könnte man es nennen«, gab er zu.

»Warum ist sie dann nicht entwickelt worden?« fragte sie scharf. »Darin muß doch ein Vermögen stecken.«

»Gewiß«, sagte er. »Davon bin ich überzeugt.«

»Nun, woran liegt es?«

Klorner spitzte die Lippen und schüttelte langsam den Kopf.

»Der Mann, mit dem ich in Hampton zusammenarbeitete, machte mich auf damit zusammenhängende Probleme aufmerksam – in erster Linie auf die ethische Seite. In den falschen Händen könnte sie viel zerstörerischer wirken als jede Wasserstoffbombe. Ich bin heute nur hier, weil ich ernsthaft glaube, daß er mir in diesem besonderen

Fall grünes Licht gegeben hätte. Der Doktor war ein wahrhaft bemerkenswerter Mann.«

»War?« warf George ein. »Dumkenhoffer ist tot?«

»Ich weiß es eigentlich nicht«, sagte Klorner. »Ich verlor '69 jede Verbindung mit ihm, als ich in die Staaten ging. Aber *wenn* es ihn noch gibt, hätte ich inzwischen wohl etwas gehört. Er müßte hoch in den Siebzigern sein.«

»Wie lange wird es dauern, bevor Sie das Ding betriebsbereit haben?« fragte Rachel.

»Bis morgen oder übermorgen, vorausgesetzt, wir stoßen nicht auf große Hindernisse. Es handelt sich hauptsächlich darum, eine große Zahl komplizierter Schaltungen miteinander zu verbinden. Alles an Material, was wir brauchen, steht zur Verfügung.«

»Und kann ich dabeisein, wenn Sie einschalten?«

»Das würde ich sehr begrüßen«, sagte Klorner liebenswürdig. »Wenn man nach früheren Erfahrungen gehen kann, würde ich sogar meinen, die Gegenwart einer Person, die mit dem Betroffenen enge Gefühlsbindungen verknüpfen, ist praktisch unabdingbar, wenn es darum geht, die genaue Art des dargestellten Signals zu bestimmen.«

»Das bin ich«, sagte Rachel. »Hochwasser hin, Hochwasser her, ich verspreche, dazusein, sobald Sie mir Bescheid geben.«

7

Der lange Arm der Dee-See, die Irische See und Somersea miteinander verband und Wales vom Fünften Königreich trennte, galt als das gefährlichste Gewässer in den Sieben Reichen. Bei High Springs betrug der Gezeitenunterschied fast dreißig Meter, und wenn ein Südweststurm die Gewässer in der Bucht von Severn hochgestaut hatte, war der nachfolgende Zusammenprall tobender Fluten in der Enge, die man als ›Die Kiefer von Shrewsbury‹ bezeichnete, in höchstem Maße furchteinflößend. Nicht ohne Grund hieß der feine, weiße Sand, der die Glasbläser von Montgomery mit dem Rohstoff für ihre Schmelztigel versorgte, in der Umgebung ›Totenknochen‹.

Mit dem Tod in so enger Gesellschaft zu leben, hatte den Bewohnern des westlichen Grenzlands eine Verachtung für jede Autorität eingeimpft, die in allen Reichen beinahe legendär war. Über Generationen hinweg hatte die Mehrheit der örtlichen Bevölkerung ihren bescheidenen Lebensunterhalt mit gelegentlicher Piraterie und regelmäßigem Ausschlachten von Wracks aufgebessert. Eine Reihe von granitenen Forts, die sich im Norden von Stoke bis Cheltenham im Süden auf einer Seite des Kanals und auf der anderen von Oswestry bis Hereford erstreckten, zeugten für den Würgegriff, den die Grenzlandbewohner über Jahrhunderte hinweg auf diese lebenswichtige Handelsroute ausgeübt hatten. Ja, es hatte, durchaus seit Menschengedenken, eine Periode gegeben, in der kein unbegleitetes Handelsschiff durch die Meerenge gelassen worden war, wenn es nicht vorher den selbsternannten ›Herren der Inseln‹ Tribut entrichtet hatte. Es hatte des gemeinsamen Handelns von König Dyffed und des Grafen von Stafford bedurft, einer Streitmacht von tausend Mann und eines Feldzugs, der sich fast über zwei Jahre hinzog, bevor das Gebiet 2997 offiziell für ungefährdet erklärt werden konnte. Zwei Monate lang nährte der geköpfte Leichnam ›König‹ Morgans die Krähen an einem Militärgalgen auf den Mauern der Burg Welshpool – ein grausiger Tribut an die Macht der königlichen Waffen.

In den rund zwanzig Jahren, die seit Morgans schneller Hinrichtung vergangen waren, war die Meerenge dem Namen nach frei geblieben. Schnelle walisische Langschiffe befuhren nun den Kanal von ihren stark befestigten Stützpunkten in Wenlock und Oswestry aus in beiden Richtungen, und der Wegzoll, der früher dazu gedient hatte, die Schatztruhen der ›Herren‹ auf Black Isle zu füllen, ging nun in Dyffeds Granitgewölbe in Carmarthen und die Zehntkisten der Militanten Kirche.

Da Dyffed ausreichend Gelegenheit gehabt hatte, ihren strategischen Wert zu studieren, hatte er zugelassen, daß Morgans private Festung praktisch unangetastet blieb. Von dem gedrungenen Wachturm auf der Schulter des Granitvorsprungs, in der Umgebung noch immer ›Morgans Berg‹ genannt, flatterte jetzt die Standarte mit dem scharlachroten Greif auf dem Sechsten Königreich in dem Wind, der so stetig vom steil abfallenden Long Mynd, an die fünfunddreißig Kilometer südöstlich hinüberblies. Im Norden glänzte das große Dee-Meer im Frühlingssonnenschein, punktiert von den Segeln der Fischerschmacken und Küstenschiffe und von den Schatten dahinfegender Wolken violett gefleckt. So klar war die Aprilluft, daß das starke Glas des Ausgucks gerade noch die niedrigeren Gipfel der fernen Penninen unterscheiden konnte, die an der Westflanke des Fünften Königsreiches Wache standen.

Eines der Boote, das der Ausguck bei der Einfahrt in den Hafen Welshpool hätte beobachten können, beförderte unter seinen Passagieren eben jenen amtlich bestallten Skeptiker, den Erzbischof Constant auf die Spur des Jungen Thomas gesetzt hatte, kurz vor Erlaß seines Edikts gegen die Bruderschaft. Ganz durch Zufall war die nichtamtliche Nachricht vom Edikt genau an dem Tag zu Bruder Francis gedrungen, der ihm auch die Mitteilung gebracht hatte, Gyre befinde sich auf Black Isle.

Seine erste Reaktion auf die Neuigkeit vom Edikt war, anzunehmen, daß sein Zwischenbericht an den Erzbischof verlorengegangen war. Kurze Überlegung genügte, um ihn davon zu überzeugen, daß seine persönliche Lage nun außerordentlich prekär war. Das Klügste wäre wohl gewesen, sofort nach York zurückzueilen und Schritte zur Sicherung seines eigenen Rufs zu unternehmen. Er bezweifelte nicht, daß er dazu imstande war. Und trotzdem zögerte er. Damit lieferte er einen vielsagenden Beweis für die Macht, welche die Ketzerei der Bruderschaft über sein Gemüt erlangt hatte. Während er fieberhaft nach einem Weg suchte, der ihm gestatten würde, seine Suche fortzusetzen und trotzdem der Sünde des Ungehorsams zu entgehen, kam ihm die Kasuistik zu Hilfe.

Das Edikt sollte den Gerüchten zufolge von der Östlichen Falknerei ausgegangen sein, was seine Durchsetzung eindeutig in den Zuständigkeitsbereich Simons von Leicester und der Grauen Brüder legte. Erzbischof Constants Machtanspruch stand jedoch über der Autorität der Brüder, und er als persönlicher Abgesandter des Erzbischofs führte die versiegelte Vollmacht mit sich, die Constant ihm mitgegeben hatte. Seine ihm ursprünglich gestellte Frist zur Erfüllung der Aufgabe war noch nicht abgelaufen, und bis jetzt hatte er noch keinen Rückkehrbefehl des Erzbischofs erhalten. Konnte ihm bis dahin wirklich etwas anderes zugemutet werden, als sich seiner Verpflichtung zu entledigen, seine Suche mit allem Eifer und Geschick, deren er mächtig war, fortzusetzen?

Francis war noch am selben Abend an Bord gegangen, in aller Demut darum betend, es möchte ihm durch göttliche Huld vergönnt sein, Gyre zu erreichen, bevor die Abgesandten von Bischof Simon ihn aufspürten und zur offiziellen Inquisition *ad extremis* in den Burgverließen nach Nottingham schleppten.

Binnen einer halben Stunde, nachdem er in Welshpool an Land gegangen war, befand Francis sich wieder auf dem Wasser, diesmal an Bord eines örtlichen Krabbenfischerbootes, dessen Besatzung von zwei Mann sehr gern bereit war, ihn für ein Silberstück über die Meerenge und um die Südspitze von Black Isle zu befördern. Da die Flut gegen sie stand, mußten sie ihn an der Mole in Stone Cross absetzen, einer Ansammlung zusammengewürfelter Hütten und Schuppen am Wasser, an die zwei Kilometer von der Ortschaft Cwymdula entfernt, die sein Ziel war.

Er kletterte die rostige Eisenleiter zur Krone der Kaimauer hinauf und entdeckte, daß er die Zielscheibe neugieriger Betrachtung durch eine Gruppe zerlumpter Gassenjungen war. Er lächelte sie an, murmelte einen Gruß und machte beiläufig ein Kreuzzeichen. Die meisten senkten daraufhin den Blick, aber einer, der Älteste, starrte ihn kühn an, hob dann mit frecher Absicht die eigene schmutzige Hand und machte das Zeichen des Vogels, wobei sein ausgestreckter Zeigefinger ein großes ›M‹ nachzeichnete.

Francis' Herz setzte kurz aus.

»Bin ich bei der Bruderschaft?«

Sechs Augenpaare sahen ihn dumpf an, und der Anführer sagte mürrisch: »Was kümmert's dich, Priester?«

Francis, im Begriff, Antwort zu geben, wurde schmerzhaft bewußt, welcher Abgrund unter der täuschend simplen Frage gähnte. Kinder und Narren.

»Ich komme aus dem fernen Norden und suche Bruder Gyre, mein Sohn«, sagte er ernsthaft. »Bringst du mich zu ihm?«

Das Kind zögerte einen Augenblick, dann murmelte es: »Den kennen wir nicht«, und der Rest der kleinen Gruppe schüttelte auf sein Stichwort hin gehorsam die Köpfe.

Francis suchte nach einem Weg, zu ihnen durchzudringen, und hatte eine Eingebung. Er sah auf der Mole eine zerzauste Möwenfeder liegen, bückte sich und hob sie auf. Er hielt sie über den Kopf, so hoch sein Arm reichte, und sagte: »Ich bin Bruder Francis. Ich komme in Frieden. Im Namen des Weißen Vogels der Bruderschaft, ich bitte euch dringend, mich zu Bruder Gyre zu führen.«

Für eine Zeitspanne, in der man vielleicht bis zehn zählen konnte, starrten sie ihn an, dann zogen sie sich auf ein gemurmeltes Wort ihres Anführers hinter das Skelett eines aufgegebenen Fischerbootes zurück und besprachen sich. Francis stand mit seinem zerbrechlichen Symbol der Bruderschaft da und kam sich außerordentlich albern vor.

Schließlich kam eines der Kinder heraus und ging auf ihn zu.

»Bin die Megan«, flötete die Kleine. »Soll Ihn zu Dai bringen. Da soll Er warten, bis sie uns holen. Versteht Er?«

Francis nickte, worauf die Kleine vor ihm den Dammweg entlanghüpfte und den ausgefahrenen Weg, der nach Cwymdula hinaufführte. Während er ihr nachstolperte, blickte der Advocatus sceptici über die Schulter und sah erstaunt, daß alle anderen Kinder spurlos verschwunden zu sein schienen.

Black Isle

Westgrenzland

Tag des hl. Markus, April 3018

›Mylord,

die Reisen Eures Dieners in Eurem Auftrag haben ihn ins Westgrenzland geführt – ein fremdartiges, wildes Land von großer, wenn auch barbarischer Schönheit, dessen Bewohner kaum gezähmt erscheinen und unter sich eine Zunge sprechen, die von der Cumberlands so weit entfernt ist wie die Cumberlands von der in York.

Wie Ihr wißt, bin ich auf der Suche nach Gyre hierhergekommen, da ich ihn im Besitz des Dokuments glaube, das in der Bruderschaft ›Morfedds Testament‹ genannt wird. Ich habe die Hoffnung, daß ich vor Ablauf dieser Nacht es zu Gesicht bekommen habe und in der Lage sein werde, Euch den Kern seines Inhalts, wenn nicht das Dokument selbst, zu übermitteln.

Von Eurer Hand, Mylord, hat mich noch keine Nachricht erreicht, so daß ich nicht weiß, ob mein Zwischenbericht (vom Sanktuarium Kentmere an Euch abgesandt) verlorengegangen ist. Der Bote, dem er anvertraut wurde, schien seine Bedeutung jedoch in angemessener Weise zu begreifen, und da ich keinen Anlaß habe, an seiner Ehrlichkeit zu zweifeln, muß ich davon ausgehen, daß Ihr inzwischen über das Ergebnis meiner Nachforschungen bis zu diesem Zeitpunkt unterrichtet seid.‹

Als Bruder Francis soweit gekommen war, legte er die Feder weg, las, was er geschrieben hatte, durch und stöhnte laut. Der Stil, in den sein Bericht gekleidet war, mit seinem verbalen Stocken und Stottern, seinen langatmigen Umschreibungen und Ausholungen, spiegelte nichts so sehr wider als die Zuckungen seines eigenen gequälten Gewissens. Es war unvorstellbar, daß ein so kaltes und klares Auge wie das von Constant das nicht durchschauen sollte.

Er stand vom Hocker auf, ging zum Fenster und starrte düster über das Dächergewirr hinaus zu der Stelle, wo auf der anderen Seite des Wassers das ferne Leuchtfeuer von North Mynd durch das Zwielicht blinkte. Die Bedrückung seines Geistes offenbarte sich in der Form eines dumpfen körperlichen Schmerzes in seiner Magengrube, während die gewichtige Frage, die das Kind auf der Mole an ihn gerichtet, mit verdoppelter Wucht zurückkehrte.

»O Gott«, flüsterte er. »Sünder, der ich bin, gebrauche mich für Deinen göttlichen Zweck.« Und wenige Gebete, die er je gesprochen hatte, waren aus tieferem Herzen gekommen, waren gequälter gewesen.

Seufzend wandte er sich vom Fenster ab und einer billigen Talgkerze zu, die auf dem Schragentisch flackerte und über dem Strohsack Schatten über die rußige Wand tanzen ließ. Er griff nach dem Pergamentblatt und las den letzten Absatz zum drittenmal durch.

»Was ist es, das du zu verbergen versuchst, Francis?« murmelte er. »In Gottes Namen, Mann, warum kannst du nicht offen sprechen?« Und beinahe so, als spreche eine andere Stimme an seinem Ohr, schien er die Worte zu hören: »Aus Angst, Bruder. Schlicht aus Angst.« Als er sie hörte, erkannte er sie. In diesem Augenblick erfuhr er die bittere Wahrheit, daß der letzte Gegner nicht der Tod selbst ist, sondern die Angst vor dem Tod. Als er den Kopf hob und in die Flamme starrte, hörte er ein leises Scharren an seiner Tür.

Er rollte das Pergament schnell zusammen, schob es unter den Strohsack und öffnete die Tür. Der Junge, der ihn auf der Mole befragt hatte, stand halb verborgen im Schatten.

»Komm Er mit, Priester«, flüsterte er. »Und tue Er, was ich sage.«

Francis löschte die Kerzenflamme, trat hinaus auf den Dielenvorplatz, schloß die Tür leise hinter sich und tastete sich vorsichtig die unbeleuchtete Treppe hinunter.

Aus dem Schankraum tönten Stimmen, aber die Tür war geschlossen, und sie schlichen unbemerkt vorbei, um aus einem schmalen Durchgang in einen kleinen Hof zu treten, überdacht mit Sternen, vollgestopft mit undeutlich erkennbaren Fässern und leeren Kisten. Dort gab der Junge ihm ein Zeichen, stehenzubleiben, zog aus dem Lederkoller ein schwarzes Tuch und flüsterte: »Ich muß Ihm die Binde vor die Augen tun, Priester.«

»Ist das notwendig?« protestierte Francis schwach, dann spürte er, daß der Junge ihn einfach stehenlassen würde, und sagte: »Gut. Ich bin einverstanden« und senkte den Kopf.

Es folgte eine stolpernde, peinigende Wanderung, die vielleicht zwanzig Minuten dauerte, bis Francis vor hinabführenden Stufen gewarnt wurde, unter den Füßen Steinplatten knirschen hörte, worauf sich eine Tür öffnete und wieder hinter ihm schloß. Schließlich spürte er zu seiner Erleichterung, daß ihm die Binde abgenommen wurde.

Er stand in einer Art Krypta – einem großen Raum, dessen Steindecke von starken Granitsäulen getragen wurde. In einer erhöhten Nische am anderen Ende rauchte ein Feuer aus Treibholz. An die Wand der Kaminbrüstung hatte jemand mit weißer Kreide das Bild eines Vogels gezeichnet, der mit ausgestreckten Schwingen schwebte.

»Warte Er hier, Priester«, murmelte sein Führer und verschwand in einem Gang, den Francis vorher nicht bemerkt hatte. Er ging langsam mit ausgestreckten Händen auf das Feuer zu, um sich zu wärmen, und blickte hinauf zu dem Vogel. Als er das tat, fiel ihm ungewollt ein Satz von Katherine Williams ein: *›denn er nahm mein Herz und hauchte seine Musik hinein und gab es mir zurück . . .‹* Er spürte, wie seine Kopfhaut sich auf seltsame Weise zusammenzog – eine Art elektrisierendes Prickeln der Vorahnung und Erregung, wie er es noch nie erlebt hatte. Als er sich nähernde Schritte hörte, drehte er sich um und sah eine junge Frau hereinkommen.

Sie ging auf ihn zu und streckte die Hand zum Gruß aus.

»Seid gegrüßt, Bruder Francis«, sagte sie und lächelte ihn an. »Wir dachten schon, Ihr kämt vielleicht zu spät.«

*

Obwohl in der Ecke des Raumes die Holzkohlenpfanne glühte, obwohl dicke Vließdecken auf das Bett gehäuft waren, hörte das Zittern des Mannes nicht auf; es war, als sei sein ganzer Körper eine Armbrustsehne, für immer in dem vibrierenden Augenblick nach dem Abschuß des Bolzens festgehalten. Seine dunklen, fiebrigen Augen, die tief in den knochigen Höhlen lagen, wanderten ruhelos hin und her, während auf seiner zerfurchten Stirn kalter Schweiß stand und im Kerzenlicht wächsern glänzte. Ab und zu hob er ruckartig den Kopf von den aufgehäuften Kissen, und sein Gesicht nahm den Ausdruck stärkster Konzentration an, so, als strenge er sich an, irgendeinen Anblick oder ein Geräusch wahrzunehmen, die nur er entdecken konnte. In solchen Augenblicken trat jemand von den Anwesenden an das Bett, beugte sich ehrerbietig über den Kranken und fragte, ob man irgend etwas für ihn tun könne. Meist erwiderte er den Blick ganz leer, als sei er unfähig, die Frage zu verstehen, aber gelegentlich schüttelte er den Kopf und ließ sich langsam wieder zurücksinken. Einmal erfaßte ihn ein Hustenanfall, der sich schier endlos hinzog und erst aufhörte, als unheilvoll rötlicher Schaum auf seine Lippen trat und von einem der Anwesenden fürsorglich abgewischt wurde. Danach schloß der Mann die Augen und schien in unruhigen Schlaf zu verfallen, obschon die Lider immer wieder hochzuckten und seine schwarzen Augen wachsam im Zimmer umherblickten, als suchten sie jemanden, der nicht hier war.

In diesen Raum schlüpfte der Junge, der Francis geleitet hatte, lautlos. Er trat zu einer der Anwesenden und flüsterte ihr etwas ins Ohr. Sie nickte, warf schnell einen Blick auf die Gestalt im Bett, stand auf und verließ den Raum so leise, wie der Junge hereingekommen war.

Sie war kaum gegangen, als mit dem Kranken eine dramatische Veränderung vor sich ging. Er seufzte tief, und die in seiner unmittelbaren Nähe Stehenden bemerkten, daß das krampfhafte Zittern, an das sie sich so gewöhnt hatten, daß sie es kaum noch bemerkten, plötzlich aufgehört hatte. Seine Hände griffen an den Kopf, schoben die Strähnen grauen Haars, die herabgefallen war, nach hinten, dann begann er mit gekrümmten Fingern seinen wirren Bart zu strählen.

»Würde jemand ein Fenster öffnen?« sagte er.

Eine alte Frau wollte einwenden, daß die Nachtluft ihn gewiß wieder zum Husten bringen würde, aber ein Mann brachte sie mit einem Blick zum Schweigen, stand von seiner Bank auf und zog den Haken am Fensterflügel heraus. Sofort drang ein Hauch kühler Nachtluft in das muffige Zimmer und trug das beruhigende Gemurmel ferner Brandung und den unverwechselbaren Jodgeruch verrottenden Tangs herein. Der Kranke lächelte und nickte dankend.

»Trinken wir mit unserem Gast einen Becher Wein?« fragte er.

»Gewiß, Bruder«, sagte der Mann und gab der alten Frau ein Zeichen. Sie machte eine Geste, die deutlich sagte: ›Für mich seid ihr alle verrückt‹, bevor sie aufstand und vor sich hin murrend hinter einem Vorhang verschwand.

»Gwyn?« sagte der Kranke.

Der Junge näherte sich dem Bett.

»Ja, Bruder Gyre.«

»Hol mir meine Flöte, mein Junge. Du weißt, wo sie ist.«

Der Junge nickte und huschte zu der durch einen Vorhang abgeteilten Tür hinaus, durch welche die alte Frau verschwunden war.

Einen Augenblick später kam die junge Frau in das Zimmer zurück, sah auf einen Blick, daß der Kranke sich in einem anderen Zustand befand als vorher, und sagte: »Bruder Gyre, ich bringe Euch Bruder Francis.«

Francis, der ein, zwei Schritte hinter ihr ging, hörte die Worte, konnte aber die angesprochene Person noch nicht sehen. Er wußte, daß Gyre der ehemalige Falke war, dessen Zielsicherheit und tödlicher Bolzen dem Leben des Jungen Thomas hoch auf einem provisorischen Gerüst an den Mauern der Zitadelle von York vor achtzehn Jahren ein Ende gesetzt hatte. Seitdem war der Mann Teil einer lebendigen Legende geworden, wie er, in Gesellschaft des alten Peter, des Geschichtenerzählers, die Straßen und Nebenwege der Sieben Königreiche durchwanderte, die Geschichte vom Jungen erzählte und die Lehre der umfassenden Bruderschaft verkündet hatte. Francis Gefühle beim Überschreiten der Schwelle waren ein seltsames Gemisch aus Angst, Neugier und Ehrfurcht.

Als er Gyre sah, war sein erster Gedanke der, daß er sich die Befürchtung hätte sparen können, Simon von Leicesters Inquisitoren würden diesen Mann je auf ein Streckbett spannen. Er wußte instinktiv, daß der Mann von geborgter Zeit lebte und diese Schuld jeden Augenblick eingefordert werden mochte. Er trat an das Fußende des Bettes und verbeugte sich.

»Bruder Gyre«, murmelte er, »ich bedaure sehr, Euch unwohl vorzufinden.«

Gyre lachte leise und spöttisch in sich hinein.

»Sehr knapp, nicht wahr, Bruder? Sagt mir, wie geht es dem Herrn Erzbischof?«

»Er gedeiht«, gab Fancis zurück.

»Nur für kurze Zeit, Bruder Francis. Sein Lauf ist, wie der meine, fast zu Ende. Aber wir haben beide noch Arbeit vor uns, er und ich.« Er drehte den Kopf und winkte der jungen Frau, die den Priester mitgebracht hatte. Als sie sich dem Bett näherte, flüsterte er: »Zündet noch eine Kerze an und stellt sie so auf, daß ich sein Gesicht deutlicher sehen kann. Es ist, als spräche man zu einem Schatten.«

Während sie seine Anweisungen ausführte, kam Gwyn zurück und brachte ein schlankes, etwa einen halben Meter langes Etui aus geprägtem Leder. Er reichte es Gyre.

Der Bruder lächelte dankend. Er griff nach dem Etui, fuhr mit den Fingern verträumt über das Leder und sagte zu Francis: »Ihr sollt sie für mich zu Thomas von Norwich bringen, Bruder. Sie gehört rechtens ihm.« Er sah den Priester an. »Wißt Ihr, was das ist?«

»Eine Flöte?« sagte Francis, verwundert über die seltsame Wendung des Gesprächs.

»Aye, eine Flöte«, sagte Gyre seufzend. »Aber nicht irgend*eine* Flöte, Francis. Morfedd der Magier von Bowness hat sie für Tom angefertigt. Es gibt auf der ganzen Welt keine, die ihr gleicht. Wollt Ihr sie hören?«

»Sehr gern«, sagte Francis. »Ich habe auf meinen Reisen oft von ihr sprechen hören.«

»'s ist nicht dasselbe wie sie hören. Diese Flöte spricht eine Melodie wie keine andere.« Er hob wieder die Augen und starrte den Priester scharf an. »Ist das nicht der Grund, warum Ihr gekommen seid, Francis? Um zu hören, was sie Euch zu sagen hat? Sprecht, Mann. Ihr seid hier unter Freunden.«

Und wieder flüsterte die Stimme Katherine Williams' in Francis' Kopf: ›*Er kam, um uns zu zeigen, was wir in uns haben und sein können . . .*‹ Zum erstenmal, seit er den Raum betreten hatte, spürte er des Engelflügels Streifen wahrer Furcht; er berührte ihn und hinterließ Kälte, als schmölzen Schneeflocken auf seiner Haut. Die Augen Gyres hielten ihn fest und wollten ihn nicht loslassen.

Schwarz, spöttisch und glitzernd vom Wissen über den nahen Tod, schienen sie ihn beinahe von jenseits der Schwelle einer anderen Welt zu betrachten.

Francis fuhr mit der Zungenspitze über seine trockenen Lippen.

»Ich bin gekommen, um zu fragen, ob ich Morfedds Testament sehen darf«, sagte er heiser. »Dazu habe ich Euch im ganzen Norden gesucht.«

Gyre nickte.

»Aye. Glaubt Ihr, das wissen wir nicht? Aber Eure Suche nach dem Testament sollte Euch nur die Zeit erkaufen, die Ihr von Eurem Herrn brauchtet. Was Ihr sucht, liegt hier, Francis«, und mit diesen Worten hob Gyre das Etui mit der Flöte, löste die Verschnürung und entfernte das seltsame, zweistielige Instrument, halb Pfeife, halb Blockflöte, das der alte Morfedd von Bowness vor so vielen Jahren für den Jungen Thomas gebaut hatte.

Francis beugte sich vor, um es deutlicher zu sehen, und dabei drehte sich die Flöte in den Fingern Gyres und ließ den Kerzenschein in einer winzigen Kristallfacette tief im Schaft einer der beiden Röhren widerspiegeln.

Gyre strich mit seinen Fingern über die ganze Länge der beiden Röhren.

»Ihr habt Tom nie spielen hören, nicht wahr, Bruder?«

Francis schüttelte den Kopf.

»So hört Ihr also nur das Echo eines Echos. Und ich besitze nicht ein Hundertstel von Toms Geschicklichkeit. Aber hin und wieder spricht er durch meine Finger, so wie er eines Tages gewiß durch das Kind und durch Thomas und durch Euch sprechen wird.« Der Sterbende hob plötzlich den Kopf, blickte zur Gewölbedecke hinauf und rief mit einer so starken Stimme, daß es schien, als käme sie aus einer anderen Kehle: »Junge, so zeige jetzt am Ende, daß mir verziehen ist! Du weißt, daß ich in Unwissenheit geschossen habe! Sprich du jetzt durch meine Dunkelheit, daß seine Dunkelheit erhellt werden mag!«

Er tat einen tiefen, keuchenden Atemzug, hob die beiden Mundstücke an die Lippen, richtete den Blick auf den Advocatus sceptici und begann zu spielen.

Beti, die alte Frau, die man geschickt hatte, den Wein zu holen, war mit einem vollen Tablett auf dem Rückweg, als sie aus der Kammer Gyres Musik hörte. Nach ihrer eigenen Schätzung hatte sie siebenundsiebzig Jahre gelebt, und ihr Lebensrhythmus war viel älter als die turbulenten Wasserstraßen, zwischen denen sie ihre Tage verbracht. Geburt, Tod, Not und Hunger waren die Fixsterne in ihrem Kosmos. Die Bruderschaft aller war ein Begriff, der über ihre Vorstellungskraft hinausging. Sie duldete ihn, weil ihr Sohn und seine Frau das wünschten. Und trotzdem griff in diesem dunklen Gang vor der Kammer des Sterbenden etwas nach ihr, griff hinaus und hielt ihr Herz gefangen. Als sie Gyre spielen hörte, vergaß sie, wer sie war, und warum sie hier stand. Sie war wie gebannt und lauschte mit Ohren, von denen sie lange vergessen hatte, daß sie ihr gehörten – die Ohren eines Kindes, das zum erstenmal eine Musik hört, die von all den unendlichen Möglichkeiten in Reichweite des ungefesselten menschlichen Geistes sprach. Die Zeit verlor ihren Sinn für sie. Wie eine Daunenfeder, die auf den dunklen Fluten treibt, fühlte sie, daß ihre Seele auf Geheiß von Kräften unendlich stärker als sie selbst hierhin und dorthin geschwemmt wurde. In einer Reihe flackernder Blitzschläge durchlebte sie noch einmal längstvergessene Augenblicke, als sie nicht länger eine Identität besaß, die sie ihr eigen nennen konnte, Augenblicke, in denen ihr Mädchenherz sich von ihrem Körper emporzuschwingen schien, um das Leid eines anderen zu teilen, und sie hätte bereitwillig ihr Leben gegeben, um den Schmerz eines anderen Wesens zu lindern. Sie brachte nicht einmal ihre eigene Ekstase mit den Tönen der Flöte in Zusammenhang. Sie wußte nicht, ob nicht ein Zauberschlüssel plötzlich eine Truhe aufgeschlossen hatte, die so tief in ihr begraben war, daß sie ihr Vorhandensein längst vergessen hatte, und doch kam von ihr eine Fontäne reiner Freude heraufgesprudelt, die sich in unbeachteten Tränen über ihre Wangen ergoß.

Endlich war der Bann gebrochen. Sie schlurfte weiter durch den Gang, stieß die Tür mit dem Ellenbogen auf, schob sich durch den Vorhang und betrat den Raum. Sie stellte ihr Tablett ab und schaute sich um. Undeutlich spürte sie etwas Neues, Fremdartiges in den Schatten, so, als sei der Raum selbst noch von der Entfernung eines unsichtbaren Gegenwart durchspült. Sie schauderte unwillkürlich und bekreuzigte sich mit einer Geste, die lebenslangem Aberglauben entsprang.

Langsam, wie erwachende Schläfer, begannen die anderen Menschen im Zimmer sich zu regen. Nur der schwarzgekleidete Priester am Fuß des Bettes blieb regungslos, die Hände schlaff an den Seiten, die Augen weit aufgerissen.

Die junge Frau trat vor und beugte sich über das Bett.

»Bruder?« flüsterte sie. »Bruder Gyre?«

Die dunklen Augen Gyres schienen wie aus unergründlichen Tiefen zu ihr hinaufzuschwimmen. Seine gespaltene Zunge bewegte sich langsam über die Unterlippe.

»Er ist gekommen«, flüsterte er. »Der Junge ist gekommen.«

Sie nickte.

»Aye, er ist gekommen«, sagte sie und blickte über die Schulter auf die alte Frau. »Den Wein, Mutter.«

Beti füllte einen Becher und brachte ihn ihr. Die junge Frau hielt den Steingutbecher an die Lippen Gyres. Er schlürfte, nickte und deutete an, daß er im Bett höher hinaufgeschoben werden wollte. Der Ehemann der Frau trat vor, und gemeinsam taten sie, was er wünschte.

Gyre trank wieder einen Schluck Wein, und sein aschfahles Gesicht nahm ein wenig Röte an. Er hielt den Becher in beiden Händen, blickte über den Rand auf den stummen Priester und nickte langsam.

»Eure Seele war auf einer weiten Reise, Francis«, sagte er leise. »Seid wieder willkommen bei uns.«

Francis öffnete den Mund, als wolle er antworten, aber es kam kein Wort über seine Lippen.

»Ja«, sagte Gyre leise. »Ich weiß, wie es um Euch steht, Bruder. Einmal, vor langer Zeit, habe ich auf der Straße nach York eben dieses Lied gehört. Die Tür steht schon offen, aber manche von uns lieben unseren Eisenkäfig so sehr, daß wir aus uns selbst geholt werden müssen, bevor wir ertragen können, ihn zu verlassen.«

Die junge Frau zog den Priester zu einer Bank und drückte ihn nieder. Dann holte sie einen Becher Wein und reichte ihn ihm.

»Kommt, Francis«, sagte sie. »Laßt uns in Bruderschaft Wein trinken.«

Francis griff nach dem Becher und nickte geistesabwesend. Er hörte ihre Worte, wie er die Gyres gehört hatte, aber es war, als vernehme er Stimmen in einem anderen Raum, die von Dingen sprachen, die ihn eigentlich nichts angingen. Wie ein Schlafwandler lief er, im Staunen verloren, durch eine Landschaft, die gleichzeitig fremd und doch vertraut war, nur von dem Bewußtsein erfüllt, daß die Suche seines Lebens plötzlich ein Ende gefunden hatte, daß der Gral, den er gesucht, in seine Hände übergeben worden war, und daß dieser dunkle, von Kerzen matt beleuchtete Raum das Rom in sich barg, zu dem alle gewundenen Straßen seines Lebens geführt hatten.

Endlich fand er seine Stimme wieder.

»Wie lange habt Ihr gewußt, daß ich komme?«

»Seit vielen Jahren«, sagte Gyre. »Seid Ihr nicht jener Schwarze Vogel, auf den wir gewartet haben? Es hat sich alles so zugetragen, wie es geschrieben steht.«

»Und jetzt, da ich hier bin?«

»Die Arbeit meines Lebens ist getan, Francis. Ich kann Euch nur sagen, daß Ihr Thomas von Norwich finden und ihm diese Flöte geben müßt.«

»Und wo soll ich ihn finden?«

Gyres Stimme wurde schwächer, sein Atem setzte immer wieder aus.

»Ich habe ihn nach Corley auf die Insel Bretagne geschickt. Er sollte das Kommen jener erwarten, die Morfedd die Braut der Zeit nennt. Im Testament steht alles geschrieben. So geht jetzt, Francis. Geht nach Corlay und nehmt meinen Segen mit Euch.«

Gyre hob die Flöte und wollte sie dem Prister geben, aber sie entglitt seinen Fingern, und der Kopf fiel auf die Kissen zurück. Einen Augenblick danach rollte der Weinbecher vom Bett und zersprang auf dem Steinboden.

8

Der Töpfer hatte Wind und Gezeiten richtig berechnet. Kurz vor Tagesanbruch riß die in Taunton Race heraufkommende Flut das kleine Boot durch den Kanal, der den westlichsten Punkt von Blackdown von den drei felsigen Inselchen, die Hexenzähne genannt wurden, trennten, und hinein in die Bucht von Culmstock. Als die

Klippe von Blackdown Head wie ein Zobelvorhang über den Himmel gezogen wurde und ihren Blick auf die ferne Erhebung der Insel Quantock verstellte, ließ Jane den angehaltenen Atem in einem langen Seufzer der Erleichterung hinaus und klopfte in dankbarer Anerkennung an die Bordwand.

»Wacht auf, Thomas«, rief sie halblaut. »Es gibt Arbeit.«

Der Schlafende, am Mast kauernd, den Kopf auf den angezogenen Knien, regte sich nicht. Jane streckte den Fuß aus und stieß ihn leicht an.

»Wacht auf, Thomas.«

Er kam mit einem Ächzen zu sich, riß den Kopf mit der Kapuze zurück, und seine erschrockenen Augen schienen in alle Richtungen gleichzeitig blicken zu wollen.

»Rachel?« flüsterte er heiser. »In Gottes Namen, wo sind wir?«

»Culmstock Bai«, sagte Jane. »Habt Ihr geträumt?«

Thomas sah sie an, dann blickte er hinauf zur Rahnock, die über seinem Kopf schwankte. Er streckte tastend die Hand aus und berührte die Eichenducht, als erwarte er, sie werde sich unter seinen Fingerspitzen auflösen.

»Jane?« flüsterte er. »Du bist Jane?«

»Wer sollte ich sonst sein?«

»Ich träume nicht?«

»Ihr seid draußen im Kanal eingeschlafen«, sagte sie. »Ich hatte nicht das Herz, Euch zu wecken.«

Thomas zog sich zur Bordwand und hängte den Kopf hinüber. Er tauchte eine Hand in die vorbeigleitende See und spritzte sich Wasser ins Gesicht. Die Kälte ließ seinen Atem stocken.

Jane beobachtete ihn, die Stirn gefurcht.

»Wer ist Rachel?« fragte sie.

Thomas schüttelte sich wie ein nasser Hund und fröstelte heftig.

»Irgend jemand in meinem Traum«, sagte er. »Ich kenne niemand dieses Namens.«

Wie ein Fädchen Distelwolle huschte eine Erinnerung durch Janes Gedächtnis. Sie griff hin, fing es ein und zog es heran.

»Ihr Haar?« sagte sie. »Rachels Haar? Ist es dunkelrot, wie Kastanien?«

Thomas erstarrte.

»Wie könnt Ihr das wissen?«

»Sie gehört zu Carvers Leben«, sagte sie. »Ich glaube, sie ist seine Frau. Ich sah sie, als ich Euch das erstemal erreichte. Euer Traum war Carvers Traum.«

»Sie erwartet ein Kind von ihm.«

»Erwartet oder hat erwartet?«

»Ich weiß nicht, was ich denken soll, Jane. Wer ist dieser Mann? Eine verirrte Seele, zur Buße wandernd, die in meinem Gemüt Unterschlupf gefunden hat? Bin *ich* Carver und ist *er* Thomas?«

»Er ist verirrt«, sagte Jane. »Das ist alles, was ich weiß.«

»Habt Ihr nicht gesagt, Ihr hättet ihn gefunden?«

»Nur in *Euch*, Thomas. Als Teil von Euch.« Sie starrte in die Dunkelheit der kleinen Bucht und murmelte: »Ich könnte versuchen, ihn noch einmal zu erreichen, wenn das helfen würde. Aber nur, wenn Ihr das zulaßt.«

»Was habe ich zu tun?«

»Ihr braucht nur meine Hilfe zu wollen.«

»Nichts ist gewisser«, sagte er. »Solche Träume werden mich sonst ohne jeden Zweifel zerstören.«

Jane nickte.

»Vielleicht träumt Carver von Euch, wie Ihr von ihm träumt. Er will Euch nichts Böses, Thomas. Davon bin ich jedenfalls überzeugt.«

»Ich ihm auch nicht«, sagte Thomas mürrisch. »Aber ich lege keinen Wert auf Bruderschaft mit einem Geist, so wohlgesonnen er auch sein mag.«

Jane streckte den Arm aus und berührte seine Hand.

»Habt keine Angst, Thomas«, sagte sie. »Bevor wir uns trennen, werde ich mein Bestes tun, in Euch zu lesen.« Sie setzte sich auf und versuchte die Schatten zu durchdringen. »Ich erinnere mich hier irgendwo an einen Strand, wo unter den Bäumen ein Bach mündet. Wir ziehen das Boot dort an Land, und ich bringe Euch zur Straße nach Sidbury.«

Einige Minuten später deutete sie nach vorn, wo im trüben Vortageslicht eine Linie helleren Schattens schwach aufschimmerte.

»Da ist es«, sagte sie. »Wir lassen das Segel fallen und rudern. Wir müssen über eine Sandbank, und ich weiß nicht mehr, wie die Strömung verläuft. Laßt Ihr das Fall nach?«

Thomas beschäftigte sich am Mast, und die Nockrah Rahnock

sauste mit unziemlicher Hast herunter und deckte ihn im feuchtem Segeltuch zu.

Jane lachte und half ihm, sich zu befreien.

»Ich habe das schon schlechter erlebt«, sagte sie, »aber nicht oft. An den Riemen seid Ihr besser.«

Sie kamen an der Sandbank gut vorbei und landeten im Schutz einer Gruppe von Eichen am Wasser, gerade als die Morgendämmerung sich zum erstenmal über den Himmel tastete. Thomas kletterte hinaus, und gemeinsam zogen sie das Boot auf den sanft ansteigenden Sandstrand und machten es an einer freiliegenden Baumwurzel fest.

Jane verstaute Segel und Ruder.

»Ich habe Zeit bis Mittag, um die Ebbe mitzunehmen«, sagte sie. »Das müßte gut reichen.«

»Ihr braucht nicht mitzukommen, Jane. Zeigt mir nur die Richtung und überlaßt den Rest mir. Es würde Euch schlecht ergehen, sollten die Falken Euch in meiner Gesellschaft finden.«

»Sie werden Euch nicht finden«, sagte sie entschieden. »Die Elster wird dafür sorgen. Machen wir uns auf den Weg, Thomas. Wir haben einen langen Anstieg vor uns.«

Die Morgendämmerung fand sie weit von ihrem Landeplatz entfernt und gut dreihundert Meter hoch in den Blackdown-Bergen. Der Wind, der sie von Quantock über die See getragen hatte, war erstorben, ohne den Nebel aus dem Tal zu vertreiben. Er sammelte sich in kalten Tropfen auf den Zweigen der kaum knospenden Bäume und fiel mit melancholischem Pladdern auf die Haufen toten Laubs in den Bodenrinnen. Einmal hörten sie auf einer unsichtbaren Farm im Norden einen Hund heulen, aber sie sahen keinen Menschen und kamen auf dem Kamm oben heraus, gerade als die ersten willkommenen Sonnenstrahlen über die fernen, nebelüberwallten Wasserweiten heranspeerten, die sie von Salisbury und der weit entfernten Küste des Zweiten Königreiches trennten.

Sie blieben kurz stehen und schauten sich um. Ihr Atem stieg in warmen Wolken stoßweise in die feuchte Luft, und nach Nordosten hin reckten die Hügel ihre gewölbten Rücken wie eine Schule von Walen über den Nebel hinauf.

»Da unten liegt Sidbury«, sagte Jane und wies nach Süden, »aber Ihr macht am besten einen Umweg über Yarcombe. So habt Ihr das

Wasser zwischen Euch und dem Falken-Posten in Upottery.«

Thomas nickte.

»Und was ist mit diesem Mann, den Ihr die Elster nennt? Ist er in Yarcombe zu Hause?«

»Er ist eigentlich nirgends zu Hause«, sagte Jane. »Er hat ein Haus auf Rädern und zieht ständig herum. Aber wenn er auf Blackdown ist, wohnt er bei seiner Mutter.«

»Er ist Hausierer?«

»Von allem ein bißchen etwas«, sagte sie. »Er flickt Dinge und macht sie, er kauft und verkauft. Vater hat ihm einmal etwas Gutes getan, und das hat er nie vergessen. Manche Leute meinen, er wäre leicht verrückt, aber das stimmt nicht. Er ist nur anders.«

»Gehört er zur Bruderschaft?«

»Nein«, sagte Jane. »Wie ich schon sagte, er ist anders. Er ist *Huesh*.«

Thomas warf ihr von der Seite einen Blick zu und nickte langsam.

»Ich bin begierig darauf, ihn kennenzulernen«, sagte er mit einem schwachen Lächeln.

»Oh, Ihr werdet mit ihm zusammenkommen. Ihr müßt. Aber ich kann Euch noch nicht sagen, wann.«

»Dann aber wo?« fragte er neugierig.

»Das weiß ich auch nicht«, sagte sie. »Es war seltsam.« Sie preßte die Augen fest zu, hielt sie einige Sekunden geschlossen, öffnete sie wieder und schnitt dazu eine Grimasse. »Ich sah Euch neben ihm kauern. Er starrte in die Ferne. Und ich glaube, da war ein Haufen alter Steine oder dergleichen. Es war nur ein kurzes Aufblitzen. Aber so ist das manchmal. Man möchte mehr sehen und kann es nicht. Je mehr man sich anstrengt, desto weniger erhält man. Es hat keinen Zweck, sich darum zu bemühen.«

Sie machten sich wieder auf den Weg und gingen durch freie Moorlandschaft, während ihre langen Morgenschatten ihnen durch den funkelnden Tau folgten. Eine Stunde später standen sie auf einer Anhöhe, die Ausblick auf die Einfahrt von Yarcombe bot. Jane beschattete die Augen und zeigte ihm die gewundene weiße Linie der Hauptstraße, die dem Grat der Hügel folgte, im Südwesten nach Sidbury führend.

»Von hier aus könnt Ihr Chadport nicht sehen«, sagte sie. »Es liegt auf der anderen Seite des Hügels, zwischen uns und der Windwhistle-Insel. Vater verkauft dort Töpfereiwaren an einen Mann namens Sam Moxon, der unten am Kai einen Laden hat. Sam gehört zur Bruderschaft wie wir, so daß er Euch gewiß weiterhilft.«

»Es ist besser, ihn nicht zu belästigen«, sagte Thomas. »Je weniger Leute mir helfen, um so besser ist es für sie. Nun wollen wir noch etwas essen, Jane, bevor sich unsere Wege trennen.« Er nahm den Lederranzen von der Schulter, den die Frau des Töpfers ihm gegeben hatte, und führte sie zu einem Schafunterschlupf aus geflochtenem Farn. Dort breitete er in der Sonne seinen Umhang aus und winkte Jane, sich zu ihm zu setzen.

»Im Namen des Weißen Vogels«, sagte er, brach das Brot und gab es ihr. »Kommt. Macht kein so trauriges Gesicht. Seht, Eure Mutter hat uns ein wahres Festmahl mitgegeben.«

Jane lächelte pflichtschuldig und griff nach Käse und Salz.

»Wenn Ihr nur Eure Flöte nicht verloren hättet, Thomas«, sagte sie. »Ich hätte Euch so gerne spielen hören.«

»Ich verspreche, daß ich nach Tallon zurückkomme und für Euch an Eurem Hochzeitstag spiele, Jane. Ein Lied für Euch ganz allein. Jenes Lied, das ich letzte Nacht draußen auf dem Meer hörte, als mein Herz voller Sterne war. Ich habe es hier.« Er berührte die Schläfe mit dem Zeigefinger. »Sicher hinter Schloß und Riegel.«

»Ich werde nicht in Tallon heiraten«, sagte sie.

»Nein? Wie bläst dann der Wind?«

Jane sah ihn an und wandte den Blick ab.

»Von Quntock fort«, sagte sie. »Mehr weiß ich nicht.«

»Ihr seid ihm also noch nicht begegnet?«

Sie lächelte, sagte aber nichts.

»Nun, wie ist er? Ist er ein Fischer?«

»So könnte man ihn nennen. Eine Art Fischer.«

»Dann also ein Seemann?«

Wieder lächelte sie.

»Ein sehr schlechter.«

Thomas wischte sich Krümel vom Bart und kramte hungrig im Ranzen.

»Wie lange wirbt er also schon um Euch, diese Art von Fischer?«

»Wer hat gesagt, daß er es tut? Ich nicht.«

Thomas hob eine geräucherte Makrele aus dem Ranzen und schnupperte erfreut daran. Er hielt sie an der Schwanzflosse fest, teilte sie sorgfältig und gab die Hälfte davon Jane.

»Behaltet den Fisch«, sagte sie. »Ihr habt einen langen Weg vor Euch.«

»Sein Bruder liegt auch im Ranzen«, sagte Thomas, »und Ihr eßt nicht mehr, bevor es Nacht wird. Kommt, nehmt.«

Jane griff nach dem Fisch und nagte mit ihren weißen, gleichmäßigen Zähnen daran.

»Was ist das für ein Ort, wohin Ihr unterwegs seid, Thomas?«

»Corlay? Eine große Burg, hoch oben in den Bergen. Königin Elise von der Bretagne schenkte sie dem alten Peter, als sie sich zur Bruderschaft bekannte. Sie wünschte sich, es möge ein zweiter York daraus werden.«

»Und wird es das?«

»Ja. Eines Tages. Wenn das Kind dort geboren wird.« Er zupfte eine Gräte von den Lippen und warf sie in den Farn.

»Und wann wird das sein?«

»Niemand weiß es. Deshalb bringe ich das Testament dorthin. Die Weisen werden es studieren und sich in die Lage versetzen, sich auf das Erscheinen der Braut der Zeit vorzubereiten.«

»Die Braut der Zeit«, flüsterte Jane und schauderte so heftig, daß sie beinahe ihren Fisch fallen ließ.

Thomas sah sie an und blinzelte.

»Aber ja«, sagte er. »Es steht im fünfzehnten Vers –

Wildnis des Weibes Weh,
Harm des Herzens, Leidens Laut,
deiner Geburt Bett sie bilden,
erwähltes Kind, Braut der Zeit.

Jane starrte auf den Boden. Als sie zu sprechen begann, klang ihre Stimme, als käme sie aus weiter Ferne.

»Vor zwei Abenden, Thomas, kurz bevor Ihr uns von Eurem Ertrinken in der Somersea erzählt habt, seid Ihr ohnmächtig geworden. Wißt Ihr, wodurch? Was habt Ihr gesehen?«

Thomas zog die Brauen zusammen.

»Ich weiß es nicht«, sagte er. »Es ist oft so. Aber warum fragt Ihr?«

Sie hob langsam den Kopf und richtete den Blick auf ihn.

»Ihr erinnert Euch nicht, mich nach der dunklen Flamme gefragt zu haben, und danach, woher ich von ihr wisse?«

Er nickte.

»Doch, daran erinnere ich mich. Aber nicht an mehr.«

»Und wenn ich Euch jetzt bei der Hand nähme und Euch zu diesem Augenblick zurückführte, würdet Ihr wieder Zuflucht suchen wie beim ersten Mal?«

Thomas spürte, wie sein Herzschlag stockte.

»Ich weiß nicht, Jane«, murmelte er. »Über solche Dinge habe ich nicht zu verfügen.«

»Ihr habt Angst?«

»Ja«, sagte er schlicht. »Ich habe Angst.«

»Vor mir oder vor Euch selbst?«

»Wovor, weiß ich nicht. Vielleicht vor etwas in Euch. Vielleicht vor der unheimlichen Gabe in Euch. Ich kann ihr nicht vertrauen, wie ich sollte.«

»Aber ich vertraue Euch, Thomas. Und ich vertraue Eurer Gabe. Sind wir nicht einig, Ihr und ich, in Wort und Geist?«

Thomas schien etwas sagen zu wollen, aber dann hielt er sich offenbar zurück.

»Ja.« Er nickte. »In Wort und Geist, Jane. Was möchtet Ihr, daß ich tue?«

»Helft mir, in Euch zu lesen.«

»Darüber waren wir einig. Also? Was muß ich tun?«

Jane warf den halbverzehrten Fisch in den offenen Ranzen, wischte sich die Finger an ihrem Umhang ab und sagte: »Legt Euren Kopf in meinen Schoß.«

Thomas drehte sich herum, bis er ihr den Rücken zuwandte, dann sank er auf die Ellenbogen zurück.

»Das ist ein weicheres Kissen als mein letztes«, sagte er grinsend. »So. Ist alles gut?«

»Sehr gut«, sagte sie. »Nun schließt die Augen.«

Er gehorchte.

Sie legte die rechte Hand leicht auf seine Stirn und murmelte: »Laßt Euren Geist an den Rand des Schlafes wandern, Thomas. Es gibt nichts zu fürchten.«

Mit der Zeit wurden seine Atemzüge tief und regelmäßig; die gespannten Linien um Augen und Mund wurden weich und verschwanden; sein Herzschlag sank zu einem ruhigen, stetigen Puls herab.

Sie sah auf ihn hinunter, bis man auf hundert zählen konnte, dann schloß auch sie die Augen und glitt wie eine Schwimmerin, die sich ins Wasser hinabläßt, hinein zu ihm.

Wandern durch die dunklen, hallenden Seehöhlen im Geist des Bruders, einen Namen rufend. Erinnerungen zerren an dir wie Fingertang, während du vorbeisinkst, hinab, hinab, immer tiefer in die kalten, dunklen Schichten jenseits der bewußten Erinnerung. Wo versteckst du dich, Carver? Komm her. Komm. Segle herab wie ein weißer Meeresvogel und laß dich auf meiner Schulter nieder. Steig empor wie ein Silberlachs und spring in meine Arme. Durch Gezeiten und Zeiten bin ich gekommen, um dich zu suchen . . .

Rachel? Oh, Gott sei Dank . . .

Komm zu mir. Hab keine Angst.

Du bist nicht Rachel! Wer bist du?

Ich kann deine Rachel sein, wenn du das willst.

O mein Gott! Was für ein Wesen bist du?

Ich bin deine Freundin. Hast du nicht von mir geträumt?

Das Boot! Das Mädchen im Boot!

Ich habe dich schon einmal gefunden, konnte dich aber nicht festhalten.

Bin ich tot?

Ich weiß nur, daß du aus der Alten Zeit vor der Flut bist.

Ich bin im Delirium.

Wie bist du zu Thomas in der Somersea gekommen?

Wahnsinn. Wahnsinn.

Erinnerst du dich nicht?

Der Kontakt! Du mußt der Kontakt sein!

Ich weiß nicht mehr als du. Ich habe dich in Thomas gefunden. Dein Name ist Carver. Ich habe dich so nennen hören.

Thomas?

Von der Bruderschaft. Thomas von Norwich.

Die AKE! Um Christi willen!

Ist Carver dein einziger Name?

Das ist Irrsinn!

Nennt Rachel dich Carver?

Rachel?
Nennt sie dich Carver?
Sie nennt mich Mike . . . Michael.
Michael. Michael Carver. Wie alt bist du, Michael?
Alt? Achtundzwanzig.
Ist Rachel deine Frau?
Was? Nein. Das heißt, ja. Ja, das ist sie. Warum sagst du mir nicht, wo ich bin?
Du bist auf Blackdown.
Blackdown? Bei Taunton?
Ja.
Lieber Gott im Himmel! Blackdown!
Wo hast du gedacht, daß du wärst?
In Holmwood. Bei Petherton.
Unter der Somersea?
Unter der See. Die See! . . . Der Mann in der See! . . . Der weiße Vogel . . . WELCHES JAHR IST DAS?! – Was?
Dreitausendachtzehn.

Und so trug die schwarze Flut seiner Verzweiflung dich hoch, schwemmte dich weg von ihm, weit über seine Reichweite und die deinige hinaus, bis du wie eine dunkle Luftblase durch die helle, stürzende Kaskade der Erinnerungen von Thomas emporstiegst und endlich im vertrauten Hafen deines eigenen Ich auftauchtest, um dich in Tränen zu finden.

»Was ist, Jane? Was ist passiert?« Thomas schob sich auf einen Ellenbogen und sah zu ihr auf.

Sie schüttelte den Kopf und rieb sich mit dem Handballen die Tränen weg.

»Schon gut«, sagte sie und schluckte. »Ich muß dabei oft weinen. Kein Grund zur Sorge.«

»Das ist alles, was Ihr mir sagen könnt?«

»Er ist da«, sagte sie tonlos. »Er heißt Michael – Michael Carver – und er ist achtundzwanzig Jahre alt. Oder tausendachtundzwanzig . . . Er ist aus der Zeit vor der Flut – aus einem Ort, den er Petherton nennt.«

Thomas starrte sie entgeistert an.

»Ihr meint, Ihr habt mit ihm *gesprochen*?«

»Im Traum. Er hält sich für tot.«

»Ist er es?«

»Nein. Ich bin sicher, er ist es nicht. Er ist immer noch er selbst, und das muß bedeuten, daß sein Körper irgendwo am Leben ist. Ich habe noch nie einen Geist gelesen, nachdem der Körper tot war.«

»Lebt? Und aus der Zeit *vor* der Flut?«

»Ja«, sagte sie. »Ich bin sicher, daß ich recht habe.« Sie gab einen tiefen, schaudernden Seufzer von sich und schüttelte den Kopf. »Sagt, Thomas, als Ihr gestern von ihm geträumt habt, wie war Euer Traum?«

Thomas breitete die Hände aus.

»Er ist fort«, sagte er. »Alles, woran ich mich erinnern kann, ist das Mädchen, das mir sagte, daß es ein Kind erwartet.«

»Und wo wart Ihr, als das geschah?«

»Ich ging irgendwo mit ihr spazieren. Neben einem Fluß? Vielleicht an einem See. Es regnete. Ich erinnere mich, den Regentropfen zugesehen zu haben, wie sie Ringe im Wasser hervorriefen. Sie machte sich Sorgen, ob ich unwirsch reagieren würde.«

»Und habt Ihr das?«

»Nein. Ich war vor Freude außer mir.«

»Und dann seid Ihr aufgewacht?«

»Ja. Einen Augenblick lang war ich sicher, Ihr wärt sie.«

»Ich glaube, Carver mag dasselbe gedacht haben. Er kennt mich als das Mädchen im Boot.«

Thomas stand auf und blickte in die Ferne.

»Was kann man davon halten, Jane?« fragte er. »Hat das nicht sehr viel Ähnlichkeit mit einer Mär des alten Geschichtenerzählers? Etwas für einen Schankraum an einem Winterabend? Oder sind wir etwa behext?« Er spannte sich an, hob die Hand, um die Augen vor der Sonne zu beschatten, und starrte hinunter auf die ferne Straße.

»Was ist, Thomas?«

Sie raffte sich auf, trat zu ihm und sah die Sonne auf den polierten stählernen Helmen der drei Reiter blitzen, die über den Hügel nach Chardport trabten, winzig wie Zinnsoldaten auf Spielzeugpferden. Sie griff nach der Hand ihres Begleiters und umklammerte sie fest.

»Es wird Zeit, daß ich mich auf den Weg mache, Jane«, sagte er, »oder unsere Geschichte mag schnell ihr Ende finden, bevor sie überhaupt begonnen hat.«

»Aber sie können doch nicht Euch suchen«, sagte sie. »Wer kann sie so früh alarmiert haben?«

»Vielleicht nicht mich, aber das Edikt ist vor einem Monat erlassen worden. Jetzt ist keiner mehr von uns sicher.« Er eilte gebückt in den Unterschlupf, holte seinen Umhang, schüttelte den Farn ab und legte ihn sich um. Dann bückte er sich nach dem Ranzen, sah den halb verzehrten Fisch und bot ihn Jane mit einem Grinsen an.

Sie schüttelte den Kopf.

»Diese schwarzen Vögel haben mir den Appetit genommen«, sagte sie, »und dafür einen Stein hinterlassen.«

Thomas ließ den Fisch wieder in den Ranzen fallen und zog den Ledergurt zu. Er richtete sich auf und sah sie an. Aber nun, da er frische, frohe Worte brauchte, fand er keine, die nicht schon einen Makel gehabt hätten. Er streckte die rechte Hand aus, legte sie zart auf ihre rechte Schulter und drehte ihr Gesicht zu seinem herum. »So«, sagte er. »Das ist der Abschied, Jane.«

Ihre Lippen zitterten. Sie nickte und senkte die Augen.

»Ihr habt meinen Segen. Das wißt ihr.«

Sie schüttelte heftig den Kopf, und plötzlich warf sie sich nach vorn, schlang die Arme um ihn und preßte ihn so fest an sich, daß er ihr junges Leben durch seinen ganzen Körper zittern spürte. Er senkte den Kopf und preßte das Gesicht kurz an ihr weiches, braunes Haar.

»Ah, Jane, Jane«, murmelte er. »Was für ein herrliches Lied ist in dir. Eines Tages werde ich es singen, daß die ganze Welt es hört. Weine nicht mehr; geh in Frieden und laß den Weißen Vogel dich sicher nach Hause geleiten.«

Er schob sie sanft von sich, berührte ihre gesenkte Wange mit den Fingerspitzen, drehte sich um und schritt den grünen Hang hinunter zur Straße nach Sidbury.

Sie hob den Kopf, sah ihn in der Ferne kleiner werden, und kam sich vor, als werde ihr Innerstes nach außen gestülpt.

»Weißer Vogel, o Weißer Vogel«, betete sie verzweifelt, »bring ihn zu mir zurück. Laß ihn den Einen sein.«

Sie sah ihn die Straße erreichen, sich umdrehen und den Berg hinaufblicken. Seine Hand hob sich und winkte. Sie hob ihre beiden Arme, spreizte sie, als sei es ihr gegeben, sie in Schwingen zu verwandeln, um zu ihm hinabzufliegen. Aber nichts geschah. Mit einem letzten Gruß wandte er sich ab, lief auf der weißen Straße dahin, und nach einer Minute war er hinter einer fernen Hecke verschwunden.

Im unergründlichen Aprilblau dem Blick entzogen, ergossen Feldlerchen ihr silbriges Lied auf Janes Kopf, als sie einsam auf dem Moorlandpfad zurück zur Bucht ging. Der Morgennebel hatte sich aufgelöst, und das Sonnenlicht funkelte auf den taubenetzten Spinnweben. Fern im Norden war Quantock ein herzerhebendes Wunder aus Smaragdgrün, Purpur und Blau. Aber Jane hatte für nichts einen Blick. Sie ging wie eine Schlafwandlerin, war sich nur einer betäubten, bleiernen Müdigkeit von Körper und Geist bewußt, während ihr Denken in der Phantasie neben Thomas die lange weiße Straße nach Sidbury hertrottete. Kaum erkennend, daß sie es erreicht hatte, fand sie sich endlich im Cumstock-Tal und begann mit dem Abstieg zum Meer.

Sie benützte einen umgestürzten Baum als Steg, überquerte den gurgelnden Bach und kletterte den steilen Weg zum Ufer hinunter. Die Ebbe war schon im Anzug und hatte eine Spur Tang hinterlassen, auf den nassen Sand gekritzelt, um die Grenze ihres Vordringens in die kleine Bucht zu bezeichnen. Wo die kleinen Wellen über die Sandbank liefen, suchte ein Schwarm Seevögel nach Krabben, kreisend und hinabstürzend, silberweiß in der hellen Morgensonne. Fern im Westen ragten die Hänge von Dartmoor bräunlich wie Löwenrücken vor dem wolkenlosen Himmel auf.

Sie blieb einen Augenblick stehen, um Atem zu schöpfen, dann folgte sie der Spur ihrer eigenen Fußabdrücke am Bach und ging um ein Brombeergestrüpp herum, das sie vom Boot abschirmte. Es lag noch an der Stelle, wo sie es zurückgelassen hatte, nur war es von der zurückweichenden Flut ein wenig auf die Seite geschoben worden. Sie ging weiter und wollte das Tau lösen, mit dem es festgemacht war, als sie im Sand Hufspuren entdeckte.

Einen eisigen Augenblick lang starrte sie auf sie hinunter, regungslos vor Entsetzen. Dann hob sie den Kopf und ließ den Blick über den Strand gleiten. Die Spuren von zwei Pferden verschwanden um eine kleine Landspitze, keine fünfzig Schritte von ihr entfernt. Die Abdrücke waren im Sand noch ganz frisch und deutlich, an einer Stelle nur wenige Meter vom abfließenden Wasser entfernt.

Ihr Herz hämmerte wie rasend, als sie sich über das Tau bückte und den nassen Knoten aufzulösen versuchte. Gerade, als er sich lockerte, fing ihr Ohr das unverwechselbare Knacken eines brechenden Zweiges auf. Sie riß den Kopf zurück.

Auf der Böschung unmittelbar über ihr, im gefleckten Schatten einer hohen Eiche halb verborgen, starrte ein Mann in einem Rock aus schwarzem Leder auf sie hinab.

Sie hatte das Gefühl, als sei ein kaltes Netz in ihren Magen geworfen und fest zugezogen worden, wie eine geballte Faust, aber es gelang ihr trotzdem, zu lächeln und zu sagen: »Oh, Ihr habt mich erschreckt.«

Sie hatte das kaum ausgesprochen, als sie einen zweiten Mann bemerkte, der sich an der erhöhten Landzunge herunterließ. In der linken Hand hielt er die tödliche kleine Armbrust aus schwarzem Metall, ›Kralle‹ genannt, die von den Falken bevorzugte Waffe. Sie war gespannt und schußbereit.

Der Mann über ihr begann tonlos durch die Zähne zu pfeifen, dann stürmte er ebenfalls die steile Böschung hinunter. Er landete in einer kleinen Lawine von Laub, Zweigen und Steinen keine zwölf Schritte von ihr entfernt und schnitt ihr den Rückzugsweg zum Bach ab. Immer noch kalt und zischend vor sich hin pfeifend, klopfte er die Erde von seinem Rock. Dann starrte er sie mit eisiger, berechneter Unverschämtheit an, öffnete die Hosenklappe und begann vor ihr in den Sand zu urinieren.

Jane riß das Tau von der Wurzel und warf es an Bord, huschte zum Heck und begann das Boot zum Wasser zu zerren. Sie hatte es kaum um seine eigene Länge bewegt, als der zweite Falke rief: »He, langsam! Wozu denn so eilig?«

»Die Flut zieht schnell ab«, keuchte sie. »Ich will sie nicht verpassen.«

»Ah, die erwischt du schon«, rief er. »Dafür sorgen wir. Wohin willst du?«

»Nach Quantock.«

»Quantock, wie?« Der Mann lachte. »Hörst du das, Owen? Unser kleines Vögelchen ist weit weg von seinem Nest.«

Der andere Falke kam herangeschlendert und lehnte sich an das Boot, so daß Jane es nicht mehr bewegen konnte.

»Dein Name, Mädel?«

»Jane«, sagte sie. »Jane Thomson.«

»Unser Gruß, Jane«, sagte der Mann mit der Armbrust heiter. »Ganz allein, wie?«

Jane schwieg.

»Ich bin Rowley«, sagte er leutselig. »Für dich Sergeant Rowley, Jane. Und jetzt will ich dich fragen, was dich nach Blackdown bringt.«

»Ich bin bei meiner Tante gewesen«, log Jane verzweifelt. »Sie ist krank.«

»Es tut mir leid, das zu hören, Jane. Wirklich leid.« Rowley schnalzte mitfühlend mit der Zunge. »Tut es dir nicht leid, Owen?«

Owen bleckte seine Zähne zu einem kalten Lächeln.

Sergeant Rowley ging langsam um das Boot herum. Er war einen Kopf kleiner als sein Begleiter und hatte einen stoppeligen, rötlichgoldenen Bart, der in der Sonne glänzte. Sein Gesicht schien in einem dauerhaften, einfältigen Grinsen erstarrt zu sein.

»Ruhig hier«, meinte er. »Sehr ruhig. Genau die richtige Stelle, um heimlich an Land zu gehen, wenn nicht die ganze Welt wissen soll, was man treibt. Sagen wir, um eine pestkranke Tante zu besuchen.« Er war ganz um das Boot herumgegangen und blieb nun auf Armlänge vor Jane stehen, den Kopf ein wenig auf die Seite gelegt, und betrachtete sie prüfend. »Nun gut, Mädel«, sagte er. »Schluß jetzt. Wo ist er?«

Jane sah ihn mit gespielter Verständnislosigkeit an.

»Wo ist wer?« sagte sie.

»Der von der Bruderschaft, den du gestern nacht an Land gebracht hast.«

»Ich weiß nicht, was Ihr meint.«

»Nein? Wem gehören dann diese Fußabdrücke?« Er wies mit der Armbrust auf Thomas' Fußspuren. »Vielleicht dem Tantchen?«

Jane schüttelte den Kopf und sagte: »Ich weiß es nicht. Ich weiß es nicht.«

Sergeant Rowley starrte sie an, ohne etwas zu sagen, dann schaute er sich nach Owen um und bewegte das Kinn ein wenig nach oben.

Der zweite Falke stand vom Boot auf, trat hinter Jane und packte sie an den Armen. Sie begann unkontrollierbar zu zittern.

»Bitte«, murmelte sie. »Bitte nicht«, und zuckte zusammen, als sie spürte, wie eine Lederschnur in ihre Handgelenke einschnitt.

Rowley streckte die Hand aus und öffnete den Knebel ihres Umhangs. Sie zuckte abwehrend zurück, und das Kleidungsstück glitt von ihren Schultern auf den Sand.

»Nun komm, Mädel«, sagte er. »Sei vernünftig.«

Jane schüttelte wild den Kopf.

»Das war nur mein Vetter«, stieß sie atemlos hervor. »Er kam her, um mich abzuholen. Sonst war niemand hier.«

»Du lügst, Jane«, sagte der Sergeant. »Und das ist sehr dumm von dir. Wir schätzen Lügner nicht so sehr. Wir mögen sie eigentlich überhaupt nicht.« Er trat einen halben Schritt vor und schlug ihr mit der rechten Hand hart und überlegt ins Gesicht, links und rechts. Ihr Kopf dröhnte wie eine Schmiede, und ihre Augen füllten sich mit Tränen.

»Wo ist er?«

Sie schüttelte hilflos den Kopf und flüsterte durch anschwellende Lippen: »Da war niemand. Niemand. Laßt mich gehen. Bitte, laßt mich los.«

»Komm, Kleines«, sagte der Sergeant. »Du sagst es uns schließlich doch, und außerdem finden wir ihn auf jeden Fall. Wir wollen also lieber vernünftig sein, ja?« Er streckte die Hand aus, löste die Schleife, mit der die Verschnürung ihres Mieders befestigt war, und klappte es auf, um ihre Brüste freizulegen. Dann griff er mit der Hand nach ihrem Kinn und hob ihr Gesicht.

»Du weißt, was dir bevorsteht, wenn du es nicht sagst«, murmelte er.

Janes Augen waren vor Entsetzen weit aufgerissen; ihre aufgeschwollenen Lippen zitterten; aber sie sagte kein Wort. Plötzlich spürte sie Owens Arme um ihre Taille. Sie wurde hochgehoben und rücklings auf den harten Sand neben dem Boot geschleudert, daß ihr der Atem wegblieb. Der Sergeant, eine dunkle Gestalt vor dem hellen Himmel, bückte sich und riß ihr Kleid bis zu den Fußknöcheln in der Mitte auf.

Irgendwo tief in ihr stieg ein Laut hoch, ganz wie der rauhe Schrei einer Möwe, und gellte durch die Luft. Blind vor Entsetzen, stieß sie wild mit den Füßen um sich, bis der gespornte Stiefel des Sergeanten ihren Fußknöchel tief in den Sand bohrte. Owen ragte über ihr auf, eine Hand an seinem Hosenlatz, die andere um ihr freies Bein. Dann lag er auf ihr und preßte sie in den Sand. Sie spürte, wie sein Glied brutal ihren zuckenden Bauch rammte, und ein Schmerz wie von glühendem Eisen senkte sich in ihre linke Brust. Dumpf hörte sie den Sergeant aufschreien, dann war die zermalmende Qual seines Stiefels auf ihrem Knöchel plötzlich fort.

Owen lag ausgestreckt auf ihr, sein gieriges, stoppliges Gesicht auf das ihre gepreßt, die Augen, grotesk groß, wie in fassungslosem Erstaunen weit aufgerissen. Sie spürte, wie ihn ein gewaltiges, krampfartiges Schaudern durchlief, und sie kreischte gellend von dem Feuer in ihrer Brust.

Es gab einen schweren Schlag am Boot, ein Scharren und Kratzen von Nägeln auf Holz; und ein langes, leises Blubbern. Dann verlor sie barmherzigerweise das Bewußtsein und glitt in die Dunkelheit.

Sie kam zu sich, gerade als der tote Falke von ihrem Körper weggezogen wurde. Der Bolzen mit der Stahlspitze, der seinen Rücken durchbohrt hatte, ragte eine halbe Fingerlänge aus seiner Brust. Es war sein eigenes totes Gewicht, das ihn in ihre Brust getrieben hatte. Als die Spitze herausgezogen wurde, begann die Wunde zu bluten.

Sie spürte rauhe, aber gütige Hände, die ihr zerfetztes Kleid über ihrer zerschundenen Nacktheit zusammenzogen, dann wurde sie auf die Seite gerollt und die Lederschlaufe an ihren Handgelenken durchgeschnitten.

Drei Schritte entfernt lag der Sergeant schlaff am Boden, mit dem Rücken zum Boot. Seine gestiefelten Beine waren weit gespreizt, seine entgeisterten Augen starrten blind in die Sonne. Dunkles Blut tropfte in einem stärker werdenden Rinnsal von seinem Mund, und aus seinem Nacken, knapp über den Schultern, ragte ein gefiederter Bolzen. Als Jane ihn so sah, spürte sie plötzlich, wie ihr Magen sich zusammenkrampfte, und bevor sie es verhindern konnte, hatte sie sich heftig auf den zertrampelten Sand erbrochen.

Der zerlumpte, grauhaarige Mann, der sie befreit hatte, hakte eine Lederflasche vom Gürtel, zog mit einer geschickten Bewegung den Korken heraus, half ihr, sich aufzusetzen, und hielt sie an ihre Lippen.

Sie schluckte, erstickte fast, aber auf sein Drängen hin schluckte sie noch einmal.

»Brav, Mädel«, murmelte er. »Und jetzt wollen wir uns ansehen, was die schwarzen Teufel mit dir gemacht haben.« Er öffnete das zerrissene, blutbefleckte Kleid und gab mit der Zunge einen kleinen, besorgten Schnalzlaut von sich. Er wickelte ein Tuch von seinem Hals, goß Branntwein aus der Flasche darauf und wischte vorsichtig das helle Blut von der Wunde. »Ah, du wirst es überleben, Jane. 's ist nur ein böser Kratzer. War gut, daß ich das durch *Huesh* rechtzeitig gesehen habe, nicht?«

Jane lehnte sich schaudernd an ihn, während die Tränen über ihr blasses Gesicht liefen und unbemerkt von ihrem Kinn tropften. Er wartete, bis ihr Zittern sich ein wenig gelegt hatte, dann tätschelte er ihre Schulter, stand auf und holte ihren Umhang.

»Wir müssen von hier fort, Mädel«, sagte er, legte ihr das Kleidungsstück um und schloß es mit dem Knebel. »Wir können auf keinen Fall hierbleiben und dieses Blutbad rechtfertigen. Am besten ist es wohl, wenn wir das Aas ins Wasser werfen. So holen wir vielleicht ein, zwei Tage Vorsprung heraus. Komm, hilf mir, die Nußschale ins Wasser zu bringen.« Er zog sie hoch, und gemeinsam zerrten sie das Boot zum Wasser. Dann lief er zurück und schleppte die Leiche des Sergeanten heran.

»Lauf und hol mir einen großen, flachen Stein, Janie«, keuchte er und riß den mit Widerhaken versehenen Bolzen aus dem Genick des Falken. »Beeil dich, Mädel.«

Jane schien endlich zu erwachen. Sie lief zurück zur Böschung, stemmte eine Steinplatte heraus und trug sie zum Boot.

»Ein richtig christlicher Grabstein, das«, knurrte er. »Jetzt hilf mir, den Dreckskerl an Bord zu schaffen.«

Jane hob die Beine der Leiche hoch, und gemeinsam gelang es ihnen, den Toten über die Bordwand zu kippen.

»Soll ich auch mitkommen, Elster?« fragte sie.

»Nein. Ich werde schon damit fertig. Geh du und such uns noch ein solches Steinchen.« Er stieß das Boot hinaus, sprang hinein und griff nach den Riemen.

Janie eilte den Strand hinauf und begann nach einem zweiten Stein zu suchen.

Nach einer halben Stunde war die Arbeit getan. Die angebundenen Pferde der Falken waren freigelassen, und ihre gewesenen Herren, Lungen und Bäuche vom Messer der Elster überlegt durchstoßen, lagen fünf Faden tief in der Bucht von Culmstock und dienten als Futter für die Krabben.

Die Elster legte die Armbrust in das Boot, half Jane an Bord und zog das Segel hoch.

»Wenn uns das Glück treu bleibt, verwischt die nächste Flut alle Spuren, und niemand erfährt etwas«, sagte er. »Wie geht es dem Busen?«

»Er schmerzt.«

»Aye. Kein Wunder. Aber das werden wir bald haben.« Er schüttelte das Segel aus und ließ sich an der Pinne nieder. »So erzähle. Was hat dich hergeführt, Mädel?«

Jane berichtete. Bis sie fertig war, hatten sie die Bucht hinter sich gelassen, und das Boot krängte im Mittagswind, der von den fernen Hängen Dartmoors herüberblies.

»Er kann von Glück sagen, wenn er von Sidbury aus übers Meer kommt«, sagte die Elster. »Sie durchkämmen alle Schiffe im Hafen.«

»Ihr findet ihn«, sagte Jane. »So, wie Ihr mich gefunden habt.«

Er sah sie mit seinen blauen Augen forschend an.

»Ah, so ist das«, sagte er nachdenklich. »Ich habe mir schon Gedanken gemacht.«

»Ihr habt ihn also noch nicht *hueshen* können?«

»Nein, aber es bleibt noch Zeit. Ich habe dich erst gestern entdeckt. Es mußte Culmstock sein.«

»Ihr habt dort gewartet?«

»Aye«, sagte er. »Eine Stunde oder länger. Du bist unten am Bach auf Armlänge an mir vorbeigekommen.«

»Warum habt Ihr dann nicht . . .?«

»Ich habe nicht gewagt, den Bann zu brechen, Mädel. Ich habe das Aas über dir gespürt. Es begann und endete dort. Sie konnten nicht ahnen, daß sie schon tot waren, bevor sie heute morgen ausritten.«

»Wird es für Euch immer wahr?«

»Immer. Das mußt du doch wissen.«

Jane zog den Umhang enger um sich und schüttelte den Kopf.

»Ich habe Thomas ertrinken sehen, Elster. Er sollte in den Kiefern an Land gespült werden. Das ist nicht eingetroffen.«

»Es wird«, sagte er. »Wenn du es wirklich gesehen hast, wird es eintreffen. Keine Macht der Erde kann es ändern.«

»Das dachte ich auch«, sagte sie, »bis ich Carver fand. Jetzt ist für mich nichts mehr sicher. Nicht der Tod, nicht das Leben, nicht *Huesh* oder sonst etwas. Alles ist auseinandergefallen.«

»Und er? Thomas? Wie paßt er dazu?«

»Ich habe ihn mit Euch zusammen gesehen, Elster. Bevor wir Quantock verließen.«

»Wo soll es sein?«

»Das weiß ich nicht. Irgendwo auf dem Moor, glaube ich. Keine Gegend, die ich kannte.«

»Das ist alles, was du gesehen hast?«

Sie nickte.

»Da waren Steine gestapelt. Graue Steine. Es war nur ein kurzes Aufleuchten.«

Die Elster kaute an der Unterlippe.

»Wenig genug«, sagte er, »aber ich habe schon weniger gewußt. Und es scheint, daß wir vor ihnen bei ihm sein werden.« Er streckte die Hand aus, legte sie auf Janes Schulter und griff fest zu. »Mach dir keine Sorgen, Mädel. Wir finden ihn. Früher oder später finden wir ihn.«

»Laßt es früher sein«, sagte sie.

9

Die Jalousien im Labor 5 des Forschungszentrums waren heruntergelassen worden und hielten die triste Mittagsaussicht niedrig hängender Wolken und unablässig dahinpeitschenden Regens fern. Die Innenbeleuchtung wurde von einem bläulichen Neonband und den bernsteinfarbenen Kegeln von drei strategisch verteilten Tischlampen geliefert. Rachel schloß die Tür hinter sich, blinzelte, um ihre Augen an die Düsternis zu gewöhnen, dann ging sie auf die Gruppe von Männern zu, die sich um eine der Lampen am anderen Ende des Raumes versammelt hatte. Schon nach wenigen Schritten stolperte sie über eines der dicken Elektrokabel am Boden, und ihr gemurmeltes »Verdammt« lenkte die Aufmerksamkeit der Männer auf sie.

»Ah, da sind Sie ja, Rachel«, sagte George freundlich. »Freut mich, daß Sie es schaffen konnten.«

Sie begrüßte die Gruppe und bahnte sich vorsichtig einen Weg zwischen den Labortischen.

»Ich komme also nicht zu spät?« fragte sie.

»Nein, nein«, versicherte Peter Klorner. »Wir haben die erste Phase geprobt, nur um alles zu überprüfen, und jetzt sind wir startbereit. Bis jetzt sieht alles gut aus.«

»Sie haben nichts entdeckt?«

»Wir haben entdeckt, daß der EOU praktikabel ist«, sagte George. »Sie sehen drei bekehrte Skeptiker vor sich.«

»Was habt ihr gemacht?«

»Wir haben Ian als Versuchskaninchen verwendet und bekamen eine hochinteressante Tour durch das Nachtleben von Amsterdam geliefert. Es funktioniert wirklich, Rachel. Sie werden staunen.«

»Aber wie kann es bei Mike wirken, wenn er nicht hier ist?«

»Wir haben seine ganze letzte Sitzung auf Band. Pete schließt es jetzt an. Setzen Sie sich hierher. Wenn irgend etwas sichtbar wird, dann auf dem großen Zentralschirm.«

George schob noch einen Stuhl in den Halbkreis. Rachel spürte eine Verkrampfung in ihrer Magengrube, als sie sich gehorsam setzte.

»Stört es, wenn ich rauche?«

»Nur zu«, sagte George.

Rachel öffnete den Reißverschluß ihrer Schultertasche und vollführte das vertraute Beruhigungsritual, eine Zigarette aus der Pakkung zu ziehen und sie anzuzünden. Als sie das Feuerzeug zuschnappen ließ, sagte Ian: »Hier ist alles klar, Mr. Klorner.«

»O.K.«, sagte Peter. »Tja, das wäre dann wohl der Augenblick. Das andere Licht bitte aus.«

Ken, der zweite Techniker, betätigte die Schalter, und Klorner befand sich im gelben Lichtkreis einer einzigen Arbeitslampe.

»Dann los«, sagte er und drückte an der Konsole vor ihm auf eine Taste.

Mit schwachem, trockenem Wispern begann das Band sich von der Spule abzuwickeln. Die Kathodenstrahlröhre schaltete sich ein und leuchtete mit kaltem, bläulichem Licht. Rachel starrte auf den Bildschirm und spürte eine Gänsehaut an Rücken und Schultern.

»Wir haben das erste klare Signal kurz nach zwölf aufgefangen«, sagte George. »Das wäre von jetzt an in etwa vierzig Sekunden. Wir haben nur von unseren vier Z-Punkten aufgezeichnet, und es ist möglich, daß der Impuls überhaupt nicht registriert wird.«

»Ich vermute doch«, sagte Klorner.

Der Schirm flackerte und trübte sich vorzeitig, und gerade als ihre Augen sich an die stärkere Düsternis gewöhnten, erblühte er zu einer Myriade funkelnder Lichtpunkte, die tanzten und bebten und in einem unbegreiflichen Helldunkel-Wirbel auf- und abhüpften. Das Gefunkel dauerte genau zweiunddreißig Sekunden, dann verblaßte es.

»Konnte damit irgend jemand etwas anfangen?« fragte Klorner.

Niemand konnte es.

»Das zweite Signal tauchte ungefähr eine Stunde nach dem ersten auf«, sagte George. »Dazwischen gab es nichts.«

Klorner nickte und stellte das Bandgerät auf schnellen Vorwärtslauf. Es summte gleichmäßig, bis der Schirm ruckartig wieder blendend hell wurde. Dann hielt er das Band an und ließ es ein Stück zurücklaufen, mit einer Überlappung von zehn Sekunden.

»Also, hier ist Nummer zwei«, sagte er. »Hoffen wir, daß es verständlicher ist als Nummer eins.«

Ein Umriß, verschwommen und doch seltsam vertraut, füllte das obere rechte Viertel des Schirms aus. Er schien sich zu nähern und zurückzuziehen, und plötzlich wurde er ganz scharf. Dabei öffnete sich der gebogene Schnabel zu einem lautlosen Warnschrei, die kraftvollen Schwingen hoben und spreizten sich, und die Möwe fegte davon, um vor dem blendend weißen Glanz der Sonne zu verschwinden.

Wie eine Kamera, die sich langsam drehte, wurde der Bildschirm nun zu einem Beben einander jagender Bilder von Wellen, dann eine undeutlich erkennbare Küstenlinie, und schließlich, kurz bevor das Bild wieder dunkel wurde, kam die scharfe Nahaufnahme eines Männerunterarmes, eines Rahteils, und weit dahinter etwas, das vielleicht ein Segelschiff hätte sein können.

Klorner stoppte das Band.

»Das sehen wir uns noch einmal an«, sagte er. »Sagt es irgend jemandem etwas?«

Ken sagte: »Das erste, was wir gesehen haben, könnte die Spiegelung der Sonne auf dem Wasser gewesen sein, nicht?«

»Ich begreife gar nichts davon«, sagte Rachel. »Soll das das sein, was Mike *gesehen* hat?«

»Was könnte es sonst sein?« sagte George.

»Nun, ein Traum oder ähnliches. Um Himmels willen, George, Mike war *hier* – er lag dort drüben auf dem Wagen. Er schwamm doch nicht im Meer, oder?«

»Ich weiß nicht, Rachel. Sehen wir es uns noch einmal an. Vielleicht entdecken wir etwas, das uns beim erstenmal entgangen ist.«

Die Bilder tauchten auf dem Schirm wieder auf. Das kalte Auge der Möwe blickte in ihre Augen; die Wellen glänzten und funkelten im Aprilsonnenschein; und fern am nördlichen Horizont tauchte das Küstenschiff ›Kingdom Come‹ auf und ab, unterwegs nach Taunton.

Als die Bilder zum zweitenmal verblaßten und erstarben, sagte Ian:

»Wenn ich nicht wüßte, daß das ausgeschlossen ist, würde ich schwören, daß das die Blackdown-Hügel sind. Ich habe sie fünfzehn Jahre lang von meinem Schlafzimmerfenster aus angestarrt.«

»Er hat recht, wißt ihr«, sagte Ken. »Das hätte durchaus Staple Hill sein können.«

»Ach, hört doch auf!« sagte George. »Das könnte *überall* gewesen sein! Und seit wann ist Blackdown ein Ferienort an der Küste?«

»Wollen Sie es noch einmal sehen –« sagte Klorner, »oder gehen wir weiter zum nächsten?«

»Gehen wir weiter«, sagte George. »Wir können später immer noch darauf zurückkommen.«

Die dritte und letzte Vision war eher noch unfaßbarer: eine kurze, aber außerordentlich lebensechte Nahaufnahme eines alten Mannes mit weißem Bart und windzerzaustem Haar, der sich zu ihnen herabbeugte und die Hand ausstreckte, um mit dem vorgereckten Zeigefinger der Rechten ein rätselhaftes Zeichen zu machen, eine Hand, die so groß erschien, daß sie den Himmel völlig verdeckte.

Beim Mittagessen in der Kantine versuchten die vier Männer, in dem Gesehenen einen Sinn zu finden. Rachel lauschte ihren Reden von psychokinetischen Feldern, Zwirbeldrüsenpunkten und AKE, während sie niedergeschlagen auf ihrem Teller mit russischen Eiern herumstocherte. In einer Gesprächspause sagte sie schließlich: »Ich weiß nicht, ob es sinnvoll ist, wenn ich das erwähne, aber ich bin sicher, daß ich von dem unheimlichen alten Mann geträumt habe.«

Die anderen sahen sie forschend an.

»Ja, und wer ist er?« fragte George.

»Das weiß ich nicht«, gestand sie. »Ich weiß nur, daß ich in den ersten beiden Nächten, nachdem Mike in das Koma verfallen war, denselben ungewöhnlich lebhaften Traum hatte. Ich saß zusammen mit vielen anderen Leuten irgendwo auf einem Hügelhang, und wir hörten diesem alten Mann zu. Er erzählte uns eine Geschichte von einem geheimnisvollen weißen Vogel, der uns auf irgendeine Weise alle in etwas anderes – etwas Wundervolles – verwandeln würde. Ich weiß, es klingt unsinnig, aber das war es nicht. Es war – ich weiß wirklich nicht, wie ich es beschreiben soll – so, als ergäbe alles in meinem Leben zum erstenmal einen Sinn. Ich wußte, *wozu* ich da war – wer ich *war*.« Sie wurde rot, schüttelte verwirrt den Kopf und murmelte: »Tut mir leid. Weiß der Himmel, was mich dazu gebracht hat, Ihnen davon zu erzählen.«

Peter Klorner runzelte die Stirn.

»Sind Sie ganz sicher, daß es wirklich derselbe Mann war?«

»O ja«, sagte sie. »Ganz sicher. Da kann ich mich nicht irren.«

»Und außerhalb dieser Träume haben Sie ihn nie gesehen?«

»Nie. Bis vorhin, meine ich.«

Klorner zupfte nachdenklich an seiner Unterlippe.

»Tja, irgendwo muß es einen Zusammenhang geben. Die Frage ist, wo?«

»In Mike, vermutlich«, sagte George.

Klorner nickte.

»Haben Sie nachgesehen, ob im Zwirbeldrüsenbereich noch immer etwas von ihm registriert wird?«

»Nein«, sagte George. »Meinen Sie, das sollten wir tun?«

»Ja, das meine ich. Die Klinik wird doch mittun?«

»Davon bin ich überzeugt. Jim Phillips macht sich um Mike ja mindestens ebensolche Sorgen wie wir.«

»Dann schlage ich vor, daß wir veranlassen, eine Probeaufzeichnung für eine EOU-Verarbeitung zu machen. Wenn immer noch etwas registriert wird, könnten wir daran denken, daß wir unsere Anlage in die Klinik schaffen. Das sollte nicht allzu schwer sein.«

»O.K.«, sagte George. »Ich rufe Jim sofort an.«

Als Dr. Richards die Kantine verlassen hatte, sagte Ian: »Wissen Sie, je mehr ich darüber nachdenke, desto überzeugter bin ich davon, daß das wirklich die Blackdown-Berge gewesen sind.«

»Und wie erklären Sie das Meer, Ian?« sagte Rachel scharf.

»Ja, ich weiß«, sagte er. »Aber haben Sie zufällig dieses ›Vorhersage‹-Programm letzte Woche im TV gesehen?«

»Nein«, sagte sie. »Was ist damit?«

»Calder, Winkley und ein paar andere haben eine Weiterberechnung der Klimaveränderungen vorgenommen. Sie hatten ein großes Reliefmodell der Britischen Inseln in einem riesigen Behälter. Sie drehten den Wasserhahn auf, um zu zeigen, was geschehen würde, wenn die Polkappen schmelzen würden. Eine der ersten Gegenden, die unterging, war Somerset.«

»Und?«

»Wir lägen also unter dem Meer, nicht? Und Blackdown wäre die neue Küste.«

Rachel lächelte.

»Eine phantasiereiche Idee«, sagte sie. »Aber Sie vergessen eines. Es ist nicht dazu gekommen.«

»Bisher noch nicht« bestätigte er. »Aber es könnte kommen. Worauf sie hinauswollten, war, daß es so auszusehen scheint, als stünden ausgesprochen dramatische Wetterveränderungen bevor.«

»Wollen Sie damit sagen, daß Mikes AKE – wenn es sich darum handelt – eine Art Berührung mit der Zukunft ist?«

»Ich weiß nicht, *was* es war«, gab er zurück. »Wissen Sie es?«

Sie starrte ihn an, und sekundenlang machte sie nachdenklich große Augen. Schließlich wandte sie sich Peter Klorner zu, der ihnen zuhörte und keineswegs lächelte.

»Ergibt das Sinn für Sie, Peter?« fragte sie.

»Der Klimawandel gewiß«, gab er zu. »In der letzten Zeit ist in den Staaten darüber heftig spekuliert worden. Was den Rest betrifft, sagen wir nur, ich ziehe es vor, mich für alles offenzuhalten, bis wir mehr Daten an der Hand haben, mit denen wir arbeiten können.«

Rachel war erstaunt.

»Sie meinen, Sie können sich das als *Möglichkeit* vorstellen? Das glaube ich einfach nicht!«

Klorner betrachtete sie düster.

»Nach meiner Erfahrung würde ich sagen, das, was im Zwirbeldrüsenbereich der menschlichen Hirnrinde vorgeht, entzieht sich noch dem Fassungsvermögen unserer naturphilosophischen Anschauungen. Das ist ein Land mit seinen eigenen Gesetzen. Ich muß gestehen, daß ich mir durchaus *vorstellen* kann, daß unsere ordentliche lineare Zeitskala dort wenig oder gar keine Bedeutung hat.« Er lächelte schief. »Ist Ihnen schon einmal der Gedanke gekommen, daß wir praktisch die Gefangenen unserer erworbenen Anschauungen sind? Alles, was nicht hineinpaßt, lassen wir entweder nicht gelten oder ignorieren es. Es ist sehr einfach, zu sagen, es *kann* nicht geschehen, also geschieht es auch nicht.«

»Aber die Zeit ...« wandte Rachel ein und verstummte.

»Ja?« sagte er leise. »Was ist damit?«

Rachel schluckte.

»Gestern. Heute. Morgen. Das ist für mich die Zeit.«

»Und wie ist es mit dem ›Jetzt‹?«

»Was meinen Sie?«

»Ich sage, das Jetzt ist nicht mehr als unsere projizierte Wahrnehmung der unmittelbaren Zukunft, extrapoliert aus unserer Erinnerung an die Vergangenheit. Tatsächlich gibt es kein Jetzt. Es ist eine Abstraktion. Ein philosophischer Begriff. Wir leben in einem fortwährenden Zustand des Werdens und Gewesenseins. Es ist durchaus vorstellbar, daß alle Formen der Zeit nur ein und dieselbe Zeit sind, von verschiedenen Standpunkten aus betrachtet.«

»Nicht für mich«, behauptete Rachel entschieden.

»Und wie, wenn der alte Mann Ihres Traumes nur in der Zukunft oder fernen Vergangenheit existiert?«

»Ach, das ist unmöglich.«

»Aber nicht unvorstellbar?«

»Nun gut. Hypothetisch vielleicht. Aber nicht in *Wirklichkeit*. Und dasselbe gilt für Ians Meer.«

Ken lachte.

»Vergessen Sie nicht, sich auf der Rückfahrt nach Bristol Sedge Moor genau anzusehen. Da ändern Sie Ihre Ansicht vielleicht.«

»Auf welcher Seite stehen Sie?« konterte sie. »Ich fange an zu glauben, daß ich hier die einzig vernünftige Person bin.«

Ian grinste.

»Sie vergessen, daß wir Ihnen drei zu eins überlegen sind, Rachel. In Fragen des gesunden Geistes setzt die Ansicht der Mehrheit die Norm. Wen man nicht besiegen kann, dem muß man sich anschließen.«

*

Vierundzwanzig Stunden später ließen sie das zweite Band durch den EOU laufen. Es lieferte zwei unbezweifelbare Kontakte im Abstand von ungefähr drei Stunden. Der erste war der Blick auf den sternverzierten Gobelin eines Nachthimmels, vor dem die schattenhafte Gestalt eines Mädchens an der Pinne eines Segelboots erkennbar war, das in einer weindunklen See auf und ab glitt; das zweite war ein seltsames Gemisch zwei ineinander verzahnter Visionen: eine von Mike selbst, der im Regen neben dem Avon mit Rachel spazierenging, und die andere von dem Mädchen im Boot, das sich mit besorgtem Blick über ihn beugte. Keiner der Kontakte dauerte viel länger als eine Minute, aber nach Klorners Meinung stellten sie einen ausreichenden Beweis dar, um zu rechtfertigen, daß man die EOU-Anlagen in die Klinik schaffte und ein fortlaufendes Überwachungsprogramm einrichtete.

10

Drei Tage, nachdem Bruder Francis sich in Welshpool eingeschifft hatte, trat er mittags in Chardport auf den Kai, nachdem er den ersten Teil seiner Fahrt nach Corlay erfolgreich hinter sich gebracht hatte. Dem Auftrag gemäß, den er von der Bruderschaft in Neu-Bristol erhalten hatte, erkundigte er sich nach Moxons Laden und wurde in eine Kopfsteinpflastergasse neben dem Fischmarkt gewiesen.

Er fand die Hafenläden mühelos und erriet richtig, daß der hagere Mann im Lederschurz, der knietief in Holzwolle stand und Töpferwaren aus einer Kiste auspackte, Sam Moxon persönlich war. Als Francis herankam, richtete der Ladenbesitzer sich auf und betrachtete ihn forschend.

»Mr. Moxon?«

»Aye, Sir. Derselbige. Was kann ich für Euch tun?«

»Ein Wort unter vier Augen, Sir, wenn es Euch genehm ist.«

Moxon zögerte einen Augenblick, dann nickte er.

»Wenn Ihr in den Laden treten wollt, ich komme gleich.« Er zog einen Kohlestift hinter dem Ohr hervor, hakte an einer Liste etwas ab, dann nahm er mit jeder Hand vier Steingutkrüge und folgte dem

Priester in den Laden. Er stieß die Tür mit dem Fuß hinter sich zu, stellte die Krüge auf die Theke, schaute sich um, weil er sicher sein wollte, daß sie nicht belauscht wurden, und sagte: »Euer Diener, Sir.«

»Ich komme in Bruderschaft, Eure Hilfe zu erbitten, Mr. Moxon. Euren Namen habe ich von Mistress Peel in Neu-Bristol. Ich bin von Sarah und David Lloyd auf Black Isle im Westgrenzland an sie verwiesen worden.«

Sam Moxons Blick zuckte über das schwarze Habit des Priesters. Sein Zweifel war deutlich erkennbar.

»Das Westgrenzland«, murmelte er. »Und was hat ein Herr Eures Standes in dieser Gegend getrieben, wenn Euch die Frage nicht stört?«

»Ich war auf der Suche nach Bruder Gyre.«

Der Schrecken zeichnete gequälte Furchen in das Gesicht des Ladenbesitzers.

»Pst, Mann!« zischte er. »Sprecht leiser, wenn Ihr schon reden müßt. Wißt Ihr nicht, daß ganz Blackdown von den Falken in den Ausnahmezustand versetzt worden ist?«

Francis schüttelte den Kopf.

»Ich bin erst vor zehn Minuten an Land gekommen«, sagte er. »Abgesehen von einer Erkundigung nach dem Weg zu Euch habe ich mit keinem Menschen gesprochen.«

»Dem Vogel sei Dank dafür«, murmelte Moxon. »Die Grauen Falken stoßen überall zu, und ihre Schnäbel sind rot. Seht Ihr die Krüge da vor Euch? Der Mann, der sie gemacht hat, ist erst vor zwei Tagen auf Quantock gehängt und sein Haus angezündet worden, weil er einem von der Bruderschaft Unterschlupf gewährt hat. Sprecht von Gyre, ob Priester oder nicht, Ihr könnt Eure Eingeweide an einem Messer baumeln sehen.«

Francis glotzte ihn an.

»Gyre ist tot, Mr. Moxon«, sagte er leise. »Aus diesem Grund bin ich hier.«

»Möge seine arme Seele in Frieden ruhen«, sagte Moxon seufzend. »Der alte Peter tot, und jetzt auch Gyre. Wo wird das noch alles enden?«

»Die Falken haben ihn nicht gefunden», sagte Francis. »Er starb auf Black Isle am Fieber. Seine letzte Handlung bestand darin, mir die Aufgabe zu übertragen, Bruder Thomas von Norwich zu finden und die Flöte des Jungen seinen Händen zu übergeben. Ich habe sie hier in meiner Tasche.«

»Dann gehört Ihr wirklich zur Bruderschaft?«

Francis nickte, und die beiden Männer umarmten sich stumm. Sam Moxon seufzte vor Erleichterung.

»Wahrlich, Bruder, Ihr habt mich ordentlich durcheinandergebracht«, gestand er. »Wie kommt es, daß Ihr noch immer das Schwarzdrossel-Kleid tragt?«

»Ich habe der Kirche mein Leben lang gedient«, sagte Francis, »und würde ihr weiter dienen, wäre sie nicht blind geworden. Nun muß ich die Zeit, die mir bleibt, dazu benützen, das Böse, was in ihrem Namen geschieht, wieder gutzumachen. Ich muß nach Corlay in der Bretagne, und Ihr müßt mir weiterhelfen.«

»Corlay?« sagte Moxon. »Warum Corlay?«

»Gyre hat Thomas von Norwich vor einem Monat dorthin geschickt.«

Moxon runzelte die Stirn.

»So? Dann ist ernsthaft etwas in die Quere gegangen. Der gute Töpfer ist dafür, daß er eben diesen Thomas beherbergte, am letzten Dienstag in Tallon gehängt worden. Gerüchte sagen, der Bruder, den Ihr sucht, verstecke sich jetzt hier auf Blackdown. Deshalb haben die Raubvögel sich in den letzten beiden Tagen hier versammelt.«

»Seid Ihr dessen gewiß?«

»Aye. Ich habe läuten hören, die Tochter des Töpfers habe Thomas von Norwich vor zwei Nächten von Quantock mit dem Boot herübergebracht. Seitdem scheinen zwei Falken spurlos verschwunden zu sein. Man fand ihre Pferde auf den Hügeln über Clayhidon, aber von den Reitern keine Spur.«

»Aber das können sie doch dem Bruder nicht zur Last legen?«

»Um einen Hund zu prügeln, paßt jeder Stock, Bruder, und Zauberei hat der Kirche in der Vergangenheit gute Dienste geleistet.«

Francis nickte.

»Ihr wißt nichts davon, wo er sein könnte?«

»Weit von Blackdown, hoffe ich. Sonst wären seine Tage gezählt. Es heißt, zwischen hier und Sidbury seien an die hundert Falken auf den Hügeln unterwegs, um ihn zu suchen. Man hat einen Preis von dreißig Royal-Kronen auf seinen Kopf ausgesetzt, lebendig.«

»*Dreißig Kronen!*«

»Aye. Ich habe das gestern auf dem Markt ausschreien hören. Man muß sehr großen Wert darauf legen, ihn zu fassen, den Armen. Wißt Ihr, warum?«

»Die Lloyds erzählten mir, er bringe eine kostbare Reliquie nach Corlay.«

»Das würde es gewiß erklären«, sagte Moxon. »Aber in unserem Teil der Welt sind dreißig Royals sehr viel Gold.«

»In jedem Teil, Mr. Moxon.«

»Die Bruderschaft wird die Belohnung nicht locken«, sagte Moxon, »aber sie ist hier spärlich vertreten. Wohlgemerkt, für die Falken hat man auch sehr wenig übrig, und deshalb meine ich immer noch, daß er Aussicht hat, davonzukommen.«

»Und Ihr habt über seinen Verbleib nicht das geringste gehört?«

Moxon schüttelte den Kopf.

»Nur, was ich Euch sagte, und das habe ich direkt aus Tallon auf Quantock.«

»Und das Mädchen – die Tochter des Töpfers?«

»Ebenso spurlos verschwunden, wie es scheint.«

Francis griff nach einem der Krüge auf der Theke und drehte ihn zerstreut in den Händen.

»Was könnt Ihr also raten, Mr. Moxon? Wo sollte ich hingehen, um ihn zu suchen?«

Der Ladenbesitzer zupfte einen Strohhalm von seinem Schurz und schob ihn zwischen die Lippen. Dann zog er den Kohlestift hinter dem Ohr hervor, räumte einen Teil der Theke ab und zeichnete in grobem Umriß die Küste von Blackdown auf das Holz.

»Ich vermute, daß er versuchen wird, nach Dartmoor hinüberzuschlüpfen, in der Hoffnung, von Tavistock oder Buckfast aus zur Bretagne zu gelangen. Er wird gewiß erraten haben, daß Sidbury zerniert wird. Es könnte also durchaus sein, daß er sich zu einem der Küstendörfer hier durchschlagen will – sagen wir, nach Broadbury oder nach Orway. Da gibt es überall Leute, die zur Bruderschaft gehören. Am ehesten nach Broadbury, weil da die Küstenfahrer regelmäßig vorbeikommen.«

»Und wie käme ich dorthin?«

»Ihr könntet ein Boot finden, das Euch mitnimmt, aber ich bezweifle, daß das vor morgen sein könnte. Am schnellsten ginge es auf der Hauptstraße nach Yarcombe, dann weiter nach Upottery und von dort genau westlich nach Dunkeswell. Von Dunkeswell ist es gleich weit nach Broadbury oder Orway.«

»Wie weit ist das?«

»Nicht viel weniger als dreißig Kilometer. Aber im ›Brass Bells‹ gleich am Westtor könnt Ihr einen Gaul bis Upottery mieten, und dort bekommt Ihr sicher einen anderen, der Euch nach Dunkeswell bringt. Wenn Ihr Glück habt, seid Ihr vor der Sperrstunde in Broadbury.«

»Ah, die Sperrstunde«, sagte Francis. »Die hatte ich vergessen.«

»Eure Kleidung schützt Euch gewiß vor jedem Ärger dieser Art«, meinte Moxon. »Wenn Ihr in Broadbury seid, geht zu Saul Jenkins, dem Schiffszimmermann. Er gehört, wie gesagt, zur Bruderschaft, und vielleicht hat er etwas gehört.«

»Saul Jenkins«, wiederholte Francis. »Gut. Ich stehe tief in Eurer Schuld, Mr. Moxon. Ich bin für Eure Hilfe wirklich dankbar.«

Als er sich zur Tür wandte, legte der Ladenbesitzer die Hand auf seinen Arm und hielt ihn zurück.

»Bevor Ihr geht, Bruder«, murmelte er, »würdet Ihr mir einen Blick auf die wahre Flöte erlauben?«

Francis nahm die Tasche von der Schulter und legte sie auf die Theke. Er zog das Lederetui heraus, das Gyre ihm übergeben hatte. Er löste die Verschnürung und öffnete die Klappe, um das schimmernde Instrument freizulegen.

Moxon wischte sich die Hand am Ärmel ab und legte den Zeigefinger ehrfürchtig auf eines der Grifflöcher. Er verharrte so einige Sekunden, dann zog er ihn zurück. Er betrachtete mit einem Ausdruck des Staunens seine Fingerspitze und führte sie langsam an die Lippen.

»Ich danke Euch, Bruder«, sagte er leise. »Ich bin Euch tief verpflichtet.«

Francis lächelte, schnürte das Etui wieder zu und schob es in die Tasche zurück.

»Ist es weit zum Westtor?« fragte er.

»'s ist kaum hundert Schritte an der Kirche vorbei«, sagte Moxon. »Kommt mit. Ich bringe Euch auf den Weg.«

*

Einen Kilometer nach Yarcombe stieß Francis auf eine improvisierte Hürdensperre auf der Straße. Er zügelte sein Pferd und wartete die Annäherung des behelmten Soldaten ab, der von der Kutte des Geistlichen auf das Postpferd und wieder zurück blickte.

»Guten Tag, Sir«, sagte er höflich. »Darf ich fragen, wohin Ihr unterwegs seid?«

»Nach Upottery«, sagte Francis.

»Und Eure Geschäfte?«

Francis starrte ihn kalt an.

»Auf wessen Geheiß fragt Ihr?«

»Lord Simon von Leicesters«, erwiderte der Soldat.

»Dann wißt, daß ich im persönlichen Auftrag von Erzbischof Constant reise. Seine Geschäfte bekümmern Lord Simon nicht.«

»Euren Lappen, Sir?«

»Was?«

Der Soldat öffnete den Mund, streckte die Zunge heraus und deutete darauf, als versuche er, sich einem Schwachsinnigen verständlich zu machen.

»Zeigt uns die Eure«, sagte er, »oder Eure Reise ist hier zu Ende.«

Francis blickte hinüber zu den grinsenden Falken an der Sperre, dann schob er die Zungenspitze zwischen die Lippen.

»Weiter heraus, Mann! Seid Ihr schüchtern, oder was habt Ihr?«

»Euer Name und Rang, Soldat?«

Ihre Blicke trafen sich, und der Soldat blickte als erster zu Boden.

»Macht auf für Seine Ehrwürden!« schrie er und schlenderte zurück zu seinem Posten, während die Hürden auseinandergezogen wurden und der Priester hindurchritt.

Das Spiel wiederholte sich noch einmal, leicht abgewandelt, bevor Francis schließlich auf eine Anhöhe gelangte und hinabsah auf den schmalen Fluß, der ihn von Upottery trennte. Sein einziger Trost lag in der Überlegung, daß Thomas von Norwich noch in Freiheit sein mußte. Er blickte über die Hügel, die er zu überwinden hatte, bevor er Broadbury erreichte, und sah die Sonne auf poliertem Stahl gespiegelt, als eine berittene Patrouille die Wildnis von Stechginster durchkämmte. Das ferne Jaulen von Hunden trug ihm der Wind zu. Er fröstelte unwillkürlich und murmelte ein Gebet für die Sicherheit des Bruders.

Als sein Pferd über die Holzbrücke vor den Hügeln klapperte, sah Francis einen Trupp berittener Soldaten in Uniformen aus grauem Leder auf sich zutraben. In ihrer Mitte ritt ein rotbärtiger Mönch in grauer Kutte. Er hielt am Straßenrand an, um die Reiter vorbeizulassen, aber als sie auf seiner Höhe waren, hielt der Mönch sein Pferd an und hob grüßend die Rechte.

»Wohin, Bruder?« rief er, dann kniff er die Augen zusammen und schrie: »Francis! Bei allen heiligen Mächten!«

Francis hob die Hand, um seine Augen zu beschatten.

»Andrew?«

»Wer sonst? Und was bringt Euch ausgerechnet nach Blackdown?«

»Müßt Ihr fragen?«

»Was? Hat Seine Lordschaft Euch bis von York hierhergeschickt?«

»Ist Leicester so viel näher?«

Bruder Andrew grinste und zuckte die Achseln.

»Und wie war es oben in Cumberland?«

»Naß«, sagte Francis, seine Überraschung verbergend, so gut er konnte.

»Ihr bleibt in Upottery?«

»Bin nur auf der Durchreise. Und Ihr?«

»Ich habe hier etwas abzuschließen, das mit dem Edikt zusammenhängt. Es wird mich nicht lange aufhalten. Wohin seid Ihr unterwegs?«

»Nach Dunkeswell, wenn ich ein Pferd bekommen kann.«

»Dann werden wir uns gewiß wieder begegnen, Francis. Ich reite morgen diesen Weg. Glückliche Reise.«

»Auch Euch«, erwiderte Francis und hob zum Abschied die Hand.

Bruder Andrew lachte, klatschte dem Pferd mit dem Zügel auf das Hinterteil und jagte den Soldaten nach.

Francis starrte hinter ihm her und war sich einer Kälte bewußt, die wie ein unsichtbarer Wirbel in der sonnenhellen Luft hing. Einen Augenblick lang machte er sich Gedanken über die Vorstellung von einem Menschen, der dazu verurteilt war, für immer in einer fremdartigen, lautlosen Eigenwelt zu verharren, wo er die Rede anderer von ihren Lippen ablas. Trug vielleicht das dazu bei, Bruder

Andrews leidenschaftliche Verfolgung der Bruderschaft zu erklären, für die Musik und Lied den Schlüssel des Lebens selbst darstellten? Und wie, im Namen des Himmels, hatte der Mönch von seiner Mission in Cumberland erfahren? Konnte das bedeuten, daß Constant selbst im geheimen überwacht wurde? Oder hatte man seinen Zwischenbericht aus Kentmere auf dem Weg nach York abgefangen? Wenn das zutraf, mußte er vom Weltlichen Arm gewiß als verdächtig eingestuft worden sein.

Die Grabeskühle, die Andrew hinterlassen hatte, schlich sich in Francis' Mark und ließ ihn frösteln. Zum erstenmal, seit er Black Isle verlassen hatte, sah er den Weg, den zu gehen er erwählt hatte, in gerader Linie direkt zur Folterkammer der Inquisition und dem Scheiterhaufen des Märtyrers führen. Aber noch während er ihn mit steinerner Miene betrachtete, wurde er plötzlich von einer Flut ganz irrationaler Freude überwältigt, deren lebensspendende Quellen in einer von Kerzen erhellten Sterbekammer fern auf einer steinigen Insel im Westgrenzland sprudelten. Er lachte laut, trieb sein Pferd zu schnellem Trab an und ritt auf das Stadttor zu.

11

Jane hatte den Mord an ihrem Vater nicht vorhergesehen. Die Nachricht davon wurde von der Elster aufgefangen. Nachdem er sich in Dunkeswell achtundvierzig Stunden versteckt hatte, war er am Nachmittag nach Broadbury hinuntergegangen, um einen Fischer aufzusuchen, dem man eine vertrauliche Nachricht nach Tallon mitgeben konnte, um dem Töpfer zu versichern, daß Jane in Sicherheit sei und in ein, zwei Tagen zurückkehren werde. Es traf sich, daß der erste Kandidat, auf den in der Hafenkneipe sein Auge fiel, ›Einauge‹ Jonsey war, der Kapitän der ›Kingdome Come‹.

Die Elster bezahlte für zwei Krüge Ale und trug sie zu der hochlehnigen Sitzbank, wo Jonsey hockte und niedergeschlagen auf den Hafen hinausstarrte. Er stellte einen Krug vor den Küstenschiffer auf den Tisch.

»Was gibt's, alter Freund –« sagte er. »Ihr seht aus, als hättet Ihr Essig getrunken.«

Jonseys Auge drehte sich und richtete sich auf die Elster.

»Ach, Ihr seid es, Patch«, brummte er.

Die Elter ließ sich neben Jonsey auf der Bank nieder. Er berührte mit seinem Krug den des anderen und hob ihn an die Lippen.

»Seid gegrüßt, Einauge«, murmelte er. »Das Glück steht mir bei.«

»Dann seid Ihr der einzige«, erwiderte Jonsey düster.

»Ich teile es mit Euch. Trinkt aus, Mann. Auf Eure Gesundheit.«

Jonsey hob teilnahmslos den Krug und trank einen kleinen Schluck.

Die Elster schaute sich um, dann beugte sie sich ans Ohr des Küstenschiffers.

»Fahrt Ihr nach Tallon, Freund?«

Jonsey schüttelte den Kopf.

»Wir waren gestern dort. Habt Ihr nicht gehört?«

»Was gehört?«

»Die Grauen haben Pots Thomson am Kai von Tallon gehängt.«

Die Elster krallte die Hand um den Arm des Küstenfahrers.

»Was?«

»Es ist wahr, Patch. Man hat ihn aufgeknüpft, weil er einen Ketzer beherbergt hat – einen armen, halb ertrunkenen Burschen von der Bruderschaft, den Napper und ich vorige Woche aus dem Meer gefischt haben.«

Die Elster hatte ein Gefühl, als würde überall die Haut zu eng.

»Seid Ihr ganz sicher?« zischte er.

»Sicher?« wiederholte Einauge. »Mann, wir haben den armen Kerl baumeln sehen, als wir anlegten. Ich habe seitdem kein Auge mehr zugetan. Es ist, als hätt' ich ihm die Schlinge selber um den Hals gelegt.«

»Und Susan? Was ist mit ihr?«

»Sie haben das Haus angezündet, mit ihr zusammen. Es rauchte noch, als wir festmachten.«

Die Elster stöhnte in ihrer Qual ohnmächtiger Wut laut auf.

»Wer hat geschwatzt?«

»Sie haben es einem Jungen herausgequetscht, der zu Pots gegangen war, um ihn zu warnen, daß die Vögel auf dem Weg seien.«

»Den Bruder haben sie also nicht gefunden?«

Jonsey schüttelte den Kopf.

»Es heißt, er soll hier auf Blackdown sein. Und das Mädel auch.«

»Welches Mädel?«

»Pots' Tochter.«

»Pots hat ihnen das gesagt?«

»Er hat ihnen gar nichts gesagt«, erwiderte Jonsey. »Er hielt sie sechs Stunden hin, bis sie merkten, daß es sinnlos war, und ihn aufknüpften. Damit haben sie sich auf Quantock allerhand Haß eingehandelt. Er war ein wirklich guter Mann, so tapfer wie nur selten einer.«

Die Elster nickte, während die Gedanken in alle Richtungen stoben. Nur das Wissen, daß Jane ihn mit *Huesh* in Begleitung von Thomas gesehen hatte, war dafür verantwortlich, daß er auf Blackdown geblieben war. Nun, da ihr eigenes Leben ohne Frage davon abhing, daß er sie von hier fortbrachte, würde Thomas sich auf eigene Faust durchschlagen müssen.

»Wo wollt Ihr als nächstes hin, Einauge?« fragte er.

»Nach Buckfast. Aber wir haben die Flut versäumt. In Todds Lagerhaus hätte eine Ladung Apfelwein auf uns warten sollen, aber sie ist nicht da. Napper versucht gerade herauszubekommen, was aus ihr geworden ist.«

»Habt Ihr Platz für einen Passagier?«

»Aye. Halbwegs. Was ist damit?«

»Haltet ihn für mich frei, alter Freund. Und legt ein Stahlschloß um Eure Zunge.«

Jonsey drehte den Kopf und forschte mit seinem einen, scharfen Auge im Gesicht der Elster. Was er dort las, behielt er für sich.

Die Elster hob den Krug, berührte damit wieder Jonseys Trinkgefäß und murmelte: »Auf Pots Thomson und sein Mädel.«

Jonsey starrte ihn lange scharf an.

»Aye, Patch«, antwortete er. »Darauf trinke ich tief. Ich halte Euch den Platz bis zur Flut morgen früh. Genügt Euch das?«

»Es muß«, sagte die Elster, leerte den Krug, packte Einauge kurz an der Schulter und verließ die Kneipe durch einen Hinterausgang.

Auf dem Rückweg nach Dunkeswelle entdeckte die Elster eine Falken-Patrouille, hinabreitend zu dem Hafen, den er eben verlassen hatte, und er machte einen weiten Umweg, der ihn durch den Hangwald hinaus auf die Kuppe von Windhover Hill führte. Es war ein

Gebiet von Buschwerk, Stechginster, Farn und Heidekraut, mit vereinzelten windgekrümmten Dornbüschen, denen es trotz der unablässigen Anstrengungen der vorherrschenden Weststurmwinde, sie zu entwurzeln, gelang, sich im dünnen Boden festzuklammern. Vor Hunderten von Jahren hatte hier eine Priorei gestanden, aber sie war lange verschwunden, und den Großteil des Mauerwerks hatte man für Schafunterstände abgetragen. Ein paar hartnäckige Ruinenreste standen noch und boten Nistplätze für die Bussarde, die in den turbulenten Luftströmungen über dem Hügelkamm in großer Höhe kreisten.

Die Elster war im Begriff, vorbeizumarschieren, als ihn etwas veranlaßte, stehenzubleiben. Er verharrte einen Augenblick lang regungslos und schaute sich unsicher um, dann ging er, ohne so recht zu wissen, weshalb, auf das größte noch stehende Ruinenstück zu. Dabei wußte er plötzlich, was es war, das hinausgegriffen und ihn zu diesem verlassenen Ort gezogen hatte.

»Ein Haufen Steine«, murmelte er. »Graue Steine.«

Er hatte Janes *Huesh* kaum ins Gedächtnis zurückgerufen, als er davon auch schon erfaßt wurde. In diesem Augenblick hätte er so wenig sich umdrehen und zurückgehen, wie sein eigenes Herz zwingen können, stehenzubleiben. Er huschte vorwärts zu einer Stelle, wo Brombeergestrüpp eine Öffnung im verfallenden Mauerwerk fast ganz verbarg, und rief leise: »Seid Ihr da, Bruder?«

Eine Dohle krächzte in einem Winkel hoch oben in der Ruine; der Wind sirrte ungleichmäßig um ein abgebrochenes Kragstück; aber das war alles. Er versuchte es noch einmal.

»Hier ist die Elster, Thomas. Die Tochter des Töpfers hat Euch mit mir zusammen *huesh*-gesehen.«

In einer unsichtbaren Höhle rollte ein Stein, und eine Stimme wisperte heiser: »Seid Ihr allein?«

»Aye, Mann, 's ist keiner da außer mir.«

Eine Hand erschien in der Öffnung, packte das mossbewachsene Gestein, dann schaute das von Angst gezeichnete Gesicht des Bruders zu ihm hinaus.

»Kommt heraus, Sänger. Ich tue Euch nichts.«

Thomas zog sich hinaus und kroch unter dem Gestrüpp heraus.

»Die Hunde«, murmelte er. »Wo sind die Hunde?«

»Sie durchkämmen den Wald unter Cotleigh«, sagte die Elster, streckte die Hand aus und zog Thomas hoch. »Wie seid Ihr dazu gekommen, Euch hier zu verstecken?«

»Ich bin gestern nacht umgekehrt und unterhalb von Upottery durch den Fluß geschwommen. Ich hoffte, sie dadurch von meiner Spur abbringen zu können. Ich bin seit Tagesanbruch hier.«

»Nach Sidbury seid Ihr also nicht gekommen?«

»Nein«, sagte Thomas und fröstelte.

»Man hätte Euch sonst gewiß gefaßt«, sagte die Elster fröhlich. »Eure einzige Chance liegt jetzt im Westen. Bei Gott, Mann, Ihr stinkt wie ein läufiger Kater!«

»Das würdet Ihr auch, wenn Ihr geschlafen hättet, wo ich war«, gab Thomas aufgebracht zurück. »Es tut mir leid, wenn es Euch stört.«

Die Elster lachte.

»Wir finden bald andere Kleidung für Euch. Bis dahin wär' ich Euch dankbar, wenn Ihr ein, zwei Schritte gegen den Wind von mir bleiben wolltet.«

Als sie aus der Ruinenzuflucht traten, rief die Elster leise: »He! Still, Mann!«

Thomas ließ sich zu Boden fallen.

»Was ist?« flüsterte er.

Die Elster schob sich an ihm vorbei und starrte den Osthang des Berges hinab, wo eine einsame, schwarzgekleidete Gestalt die staubige Straße von Upottery heraufritt.

»Eine einzelne Schwarzdrossel«, sagte er. »Er wird uns nichts tun, aber wir bleiben lieber in Deckung, bis er vorbei ist.«

Er kehrte zu Thomas zurück, kauerte sich neben ihm nieder, pflückte einen langen Grashalm und kaute daran.

»Daß ich auf Euch gestoßen bin, wird die Last, die ich zu Jane zurückbringe, vielleicht lindern«, murmelte er. »Das Mädel hält die Welt von Euch.«

»Jane?« sagte Thomas. »Ist sie nicht auf Quantock?«

Die Elster schüttelte den Kopf.

»Die Krähen haben ihr an der Bucht aufgelauert. Hätte ich das nicht rechtzeitig gesehen, sie wäre jetzt so tot, wie sie es sind.«

Thomas gab einen leisen Stöhnlaut von sich.

»Was ist geschehen?«

Die Elster berichtete ohne Ausschmückung, fügte hinzu: »Aber es kommt noch schlimmer«, und schilderte, was Jonsey mitgeteilt hatte.

Thomas war starr vor Entsetzen.

»Ich bin schuld«, ächzte er. »Ich war es, der sie getötet hat. Ich habe ihren Tod in mir getragen.«

»Nein, Thomas«, sagte die Elster. »Nehmt das nicht auf Euch, Mann. Was sein wird, wird sein. Der Plan ist vorgezeichnet, und keiner von uns hat die Macht, ihn zu ändern. 's ist Jane, an die wir jetzt denken müssen.«

Thomas hob den gesenkten Kopf und starrte dumpf hinauf zu den Bussarden, die unter dem hohen, dünnen Wolkengeflecht kreisten.

»Der Plan *ist* geändert worden«, sagte er tonlos, »und jetzt müssen die Unschuldigen dafür einstehen. Hätte man mich ertrinken lassen, wäre das alles nicht geschehen.«

Die Elster sah ihn aus dem Augenwinkel an.

»Sie hat mir erzählt, sie hätte gesehen, wie Ihr in den Kiefern an Land gespült worden seid«, sagte er verwundert. »Ich dachte, sie hätte geträumt. Manchmal trägt es sich so zu.«

Thomas antwortete nicht. Die Elster stand kopfschüttelnd auf und vergewisserte sich, daß die Luft rein war.

»Kommt, Thomas«, sagte er. »Regt Euch. Wir haben eine halbe Stunde schnelles Laufen vor uns.«

Jane half der alten Mutter der Elster, für die Rückkehr ihres Sohnes eine Mahlzeit zuzubereiten, als sie auf dem Weg zum Häuschen Stimmen hörte. Die alte Frau legte den Kopf auf die Seite und grinste.

»'s ist mein Junge«, sagte sie. »Reg dich nicht auf, Kleines!«

»Er hat jemand bei sich.«

»Was sagt das? Aber stell lieber noch eine Schüssel hin und schäl noch ein paar Kartoffeln.«

Jane nickte, griff nach einem Korb und wandte sich zur Tür. Als sie öffnete, sah sie die Elster und Thomas herankommen. Der Korb fiel ihr aus der Hand, und sie flog in die Arme von Thomas wie ein Vogel in sein Nest.

»Ich wußte, er würde Euch finden!« rief sie. »Hab' ich es nicht gesagt? Hab' ich nicht?«

»Ihr habt, Jane. Es ist alles wahr geworden, wie Ihr es gesagt habt.«

»Ich habe zum Weißen Vogel gebetet, daß er Euch sicher zurückgeleite«, sagte sie.

»Und hier bin ich.«

»Aber was ist geschehen, Thomas? Wo seid Ihr gewesen?«

»Ach, ich bin herumgehuscht wie ein Fuchs. Hinauf den Berg, hinab ins Tal.«

»Fuhr in Sidbury kein Schiff?«

»Nach Sidbury bin ich gar nicht gekommen. Die Falken waren überall. Eine Stunde, nachdem wir uns getrennt hatten, lief ich beinahe einem Trupp in die Arme.«

Er spürte, wie sie fröstelte.

»Jetzt sind wir beide in Sicherheit«, sagte sie. »Das ist alles, worauf es ankommt.«

Von Jane unbeobachtet, fing Thomas den Blick der Elster auf und schüttelte den Kopf, um zu sagen: Jetzt kann ich es ihr nicht sagen. Später.

»Ist eine Pumpe in der Nähe?« fragte er. »Ich muß mich dringend waschen.«

»Drüben ist ein Teich«, sagte die Elster. »Jane wird ihn Euch zeigen. Ich sehe nach, ob ich saubere Sachen für Euch finde.« Er verschwand im Haus und kam Augenblicke später mit einem Stück Seife zurück, das er ihnen zuwarf.

Jane fing sie auf und führte Thomas an der Hand den mit Steinplatten ausgelegten Weg hinunter zum Bach, der an einer Stelle aufgestaut war, so daß man sich dort waschen konnte.

»Hat die Elster Euch erzählt, was geschehen ist?« fragte sie.

»Ja«, sagte er, öffnete den Umhang und ließ ihn zu Boden fallen. »Wollt Ihr darüber sprechen?«

»Nein, eigentlich nicht. Es war wie ein Alptraum, und ich konnte nicht wach werden. Alles schien so langsam vor sich zu gehen.«

»Und die Wunde?«

»Schmerzt nicht mehr. Mutter Patch hat sie für mich genäht. Schaut.« Sie legte die Seife auf die Steine und löste die Schleife an ihrem Mieder. Sie zog das Kleid zur Seite und entblößte die äußere Wölbung ihrer linken Brust. In der Mitte einer starken dunkelroten und gelben Verfärbung waren die Wundränder mit drei säuberlichen kleinen Knoten aus schwarzem Roßhaar zusammengezogen.

Jane betrachtete sie ein paar Sekunden lang wehmütig, dann schloß sie das Kleid und schnürte es zu.

»Wenn ich nach Tallon zurückkomme, wird man sie kaum noch sehen«, sagte sie.

Der Name riß Thomas zurück in sein schreckliches Wissen. Es war, als packe ihn eine Hand an der Kehle und erwürge ihn.

Ihr erschrockener Blick erforschte sein Gesicht.

»Was ist, Thomas? Seid Ihr krank?«

Er schüttelte stumm den Kopf.

»Krank im Herzen, Jane«, flüsterte er nach einer Pause. »Ich weiß nicht, wie ich es Euch sagen soll. Ich habe keine Worte.«

»Es ist etwas geschehen.« Ihre Augen waren groß vor Angst. »Was ist es, Thomas?«

Er griff nach ihren zitternden Händen.

»Sie sind am Morgen nach unserer Flucht gekommen, um Euren Vater zu holen«, sagte er. »In Tallon gibt es nichts mehr für Euch, Jane. Gar nichts.«

Ihre Lippen öffneten sich, und ein stockender Seufzer drang hervor.

»O nein«, flüsterte sie. »O nein, o nein.«

Hätte Thomas in diesem Augenblick sterben und ihr solche Qual ersparen können, er hätte es hundertmal getan. Sein gefoltertes Herz griff nach ihr, er zog sie an sich, hielt sie fest und streichelte sie, murmelte, er wußte nicht, was, um sie zu trösten. Aber es war, als hätte der Finger des Eisgeists sie an der Brust berührt, und sie konnte nichts fühlen. Ihre Augen waren trocken, weit vom Schock unwiederbringlichen Verlusts, und sie lag in seinen Armen so steif wie eine Holzpuppe.

»Flieg mit mir nach Corlay, kleiner Vogel«, murmelte er. »Da gibt es keinen Schmerz mehr, keine Angst. Dort werden dich alle lieben, und ich singe dir den ganzen Tag meine Lieder.«

Sie begann zu sprechen, ganz ruhig, aber mit fremder, toter, kleiner Stimme: »Sind sie beide tot?«

»Ja«, sagte er. »Und Euer Haus ist niedergebrannt. Dort ist nichts mehr für Euch.«

»Dann muß ich zurück und sie begraben.«

»Das könnt Ihr nicht, Jane. Ihr seid ein Flüchtling wie ich. Sie würden Euch auch noch töten.«

»Das haben sie schon getan«, sagte sie. »Was könnten sie noch tun?«

Die Elster kam mit einem Bündel Kleidung unter dem Arm aus dem Haus. Als er den Weg zu ihnen hinunterschritt, löste Jane sich aus Thomas' Armen und wandte sich ihm zu.

»Ist es wahr?«

Die Augen der Elster zuckten zum verkrampften Gesicht Thomas' und wieder zu dem Mädchen.

»Aye, Mädel«, sagte er. »Alles ist wahr. Ich habe es von Einauge Jonsey heute nachmittag selbst gehört.«

»Ihr habt es nicht mit *Huesh* gesehen?«

Er schüttelte den Kopf.

»Ich auch nicht«, flüsterte sie. »Oh, Elster, warum nicht ... *warum nicht das*?« Ihr Gesicht verzerrte sich, sie sank zu Boden und erstickte ihren Schmerz im hingeworfenen Umhang, geschüttelt und wimmernd wie ein verwundetes Tier.

Thomas kauerte neben ihr, legte die Hand auf ihre zuckende Schulter und betete, wie er nie zuvor in seinem Leben gebetet hatte. Dabei entdeckte er Worte auf seinen Lippen, die kein bewußter Gedanke in ihm hervorgebracht hatte: *»Wildnis des Weibes Weh, Harm des Herzens, Leidens Laut ...«* Die Welt ringsum schwankte, und mit einem einzigen pulsierenden Aufbrechen des Bewußtseins erinnerte er sich, was er im Lampenschein der Töpferküche eine Ewigkeit zuvor gesehen hatte. Alles verschmolz chaotisch, glühend, als stürze das Abendlicht im kleinen Tal herab, laufe in sie hinein und hinterlasse nichts als körperlose Schatten. Die Last des Rätsels wurde hochgehoben, und die stille Luft um seinen Kopf war erfüllt vom wild rauschenden Herabfegen riesiger, unsichtbarer Schwingen. Einen zeitlosen Augenblick lang umschwirrten sie ihn und entfernten sich dann langsam, ganz langsam, um fern unter den unergründlichen Weiten jenseits der Sterne zu verschwinden.

Unter seiner Hand spürte er, wie Jane sich regte. Er öffnete die Augen, die geschlossen zu haben er sich kaum entsann, sah, daß sie den Kopf hob und ein wenig zur Seite drehte, so, als lausche auch sie.

»Jane?«

Ihr tränenüberströmtes Gesicht drehte sich langsam, und ihre staunenden Augen begegneten den seinen.

»Er ist gekommen«, flüsterte sie. »Der Weiße Vogel ist gekommen.«

Thomas nickte.

»Ja«, sagte er. »Zu dir.«

Nach dem Abendessen berichtete die Elster Jane alles, was Jonsey mitgeteilt hatte. Sie hörte ihm stumm zu, dann stand sie vom Tisch auf und ging hinaus in den Garten. Thomas wollte ihr folgen, aber die alte Frau winkte ab.

»Laßt sie weinen, Thomas«, sagte sie. »Sie wird Euch bald brauchen.«

Die Elster holte eine Flasche Branntwein und füllte die Becher.

»Jonsey wartet mit der ›Kingdom Come‹ bis morgen zur Nachtflut«, sagte er. »Ich bringe euch beide mit dem Wagen nach Broadbury hinunter und schaffe euch an Bord, wenn es dunkel ist. Er fährt nach Buckfast. Dort findet ihr gewiß einen Franzosen, der euch beide zur Bretagne mitnimmt. Vielleicht tut Jonsey es selbst, wenn er Fracht findet.«

»Ihr glaubt, sie geht mit mir?«

»Was für eine Wahl hat sie sonst, die Arme? Man würde sie sofort verbrennen, wenn sie einen Fuß auf Quantock setzt.«

»Es ist nicht Jane, die man sucht«, sagte Thomas. »Man will mich.«

»Und?«

»Und wenn ich mich stellen würde ...«

Die Elster ließ den Unterkiefer herunterklappen.

»Seid Ihr verrückt, Mann? Wollt Ihr ein Geschäft mit dem Teufel machen? Und selbst wenn Ihr das tätet, was soll danach aus ihr werden? Was für ein Leben könnte sie in Tallon führen? Sie hat Euch das Leben gerettet, Thomas, aber nicht, um ihr eigenes damit zurückzukaufen. Sie braucht Euch lebendig, Mann – lebendig und warm in ihrem Bett.«

»Er hat recht, Bruder«, sagte die alte Frau mit ihrer hohen Stimme. »Das seid Ihr ihr wahrlich schuldig.«

Thomas wurde rot.

»Aber sie hat schon einen Geliebten. Das hat sie mir selbst gesagt.«

»Dann hat sie eben noch einen«, sagte die Elster, legte den Kopf zurück und kippte den Schnaps hinunter. »Besser ein Vogel in der Hand. Ihr müßt doch wohl wissen, daß Ihr es seid, dem sie zugetan ist, Mann. Geht zu ihr. Heilt ihr Leid und zeigt ihr, daß nicht alles vergebens war.«

Thomas sah vom Sohn zur Mutter, dann griff er nach seinem Becher und leerte ihn. Die Schärfe des Branntweins trieb ihm die Tränen in die Augen. Er schob seinen Stuhl zurück und stand auf.

Die alte Frau grinste und hob ihre krallenartige Hand zu einem archaischen Liebeszeichen.

»In der Scheune gibt es süßes Heu genug, Thomas. Wir werden Euch nicht stören.«

Thomas trat hinaus in die rasch herabsinkende Dunkelheit und schloß die Haustür hinter sich. Im Westen, hinter dem fernen Moor, schimmerten noch ein paar schwache, kupfergrüne Streifen Tageslicht am Himmel. In den dunklen Bäumen am Hang schrie höhnisch eine Eule, und Fledermäuse schwankten hin und her wie fallendes Laub. Er ging langsam den Weg zum Bach hinunter und starrte in die Schatten, bis er Jane am Wasser kauern sah. Ihr Kopf ruhte auf den angezogenen Knien, die Hände waren im Nacken verschränkt, so daß sie in sich zusammengeknickt zu sein schien wie eine schlafende Blume. Ihre trauernde Haltung rührte ihn so, daß er minutenlang stehenblieb und nicht wagte, sich ihr zu nähern, bis er über dem leisen Gurgeln des Wassers ihr gedämpftes Schluchzen hörte. Wie von einem Bann erlöst, lief er hin, kniete vor ihr nieder und nahm sie in die Arme.

Einen Augenblick lang blieb sie passiv und weinte weiter, dann spürte er, wie sie ihm das Gesicht zuwandte. Seine Zunge schmeckte Salz, als ihr warmer, feuchter Mund den seinen suchte und fand.

Stunden später öffnete Jane die Augen, sah den Sichelmond durch den Fensterschlitz der Scheune hereinscheinen und spürte einen Seufzer wie eine riesige, übriggebliebene Welle ihres Trauersturms in sich aufsteigen und in der stillen Luft verebben. Thomas' rechter Arm lag quer über ihrer blassen Nacktheit. Zart berührte sie mit den Fingern der linken Hand seine Schulter, folgte verträumt der Zeichnung des erschlafften Muskels zum Ellenbogen hinab und weiter über den narbigen Unterarm und das Handgelenk dorthin, wo seine Finger behaglich zwischen ihren Schenkeln ruhten. Sie spreizte die

Hand, um die seine zu bedecken, und stieß sie sanft an, worauf er sich regte, im Schlaf etwas murmelte und die Augen öffnete.

Sie lagen im schwachen Mondglanz und sahen einander an, dann beugte sie sich über ihn und zog seinen Umhang herüber, um sie beide zuzudecken.

»Ich wollte dich nicht wecken, Liebster«, murmelte sie. »Schlaf wieder ein.«

Als Antwort suchte er ihren Mund mit dem seinen. Noch hatte sie etwas dagegen, daß er ihn fand.

12

Angesichts der Schwierigkeiten, den Enzephalo-Optik-Umwandler vom Laboratorium in Holmwood House in die Intensivstation der Klinik zu verlegen, ging das Ganze bemerkenswert glatt vonstatten. Die Geräte waren in einem kleinen Raum neben der Station untergebracht, wo Michael Carver lag. Peter Klorner überwachte die Aufstellung, die fast achtundvierzig Stunden nach dem ersten Kontrollauf des zweiten Bandes abgeschlossen war. Der erste unverwechselbare ›Kontakt‹ wurde um 16.52 Uhr registriert und auf Videoband genommen, fünfzehn Minuten nach dem endgültigen Anschluß.

Es wurde den gebannten Beobachtern bald klar, daß in der Art des Signals eine Veränderung eingetreten war. Das neue ›Direkt‹-Bild besaß eine geradezu unfaßbare Tiefe. Keiner der Zuschauer bezweifelte, daß das Mädchen, das sie alle als das aus dem Boot erkannten, zu dem Wandel auf irgendeine Weise beitrug. Sie sahen sie als erstes aus der Tür eines kleinen Häuschens treten, einen Korb in der Hand. Als sie sich ihnen zuwandte, ließ sie den Korb fallen und lief auf sie zu. In dem Augenblick, als ihr lachendes Gesicht den Bildschirm ausfüllte, fielen zwei eigenartige Aspekte der Vision allen Betrachtern auf: das erste war ihre bemerkenswerte äußere Ähnlichkeit mit Rachel Wyld, das zweite eine schwache, aber unverwechselbare Ausdünnung der sie umgebenden Luft. Die letztgenannte Erscheinung erweckte beinahe den Eindruck, als sei sie in eine seltsame, das Licht brechende Aura gehüllt, deren Wirkung darin bestand, den unmittelbaren Hintergrund, vor dem sie sichtbar war, gering zu verzerren.

Peter Klorner hatte das kaum bemerkt, als er sagte: »Ich glaube, wir müssen auf PK-Rückschlag achten.«

»Sie hatten damit schon zu tun, nicht wahr, Peter?« sagte Dr. Richards.

»Mit etwas ganz Ähnlichem«, sagte Klorner. »Wenn ich es sage, muß sofort der Hauptschalter betätigt werden. Wie geht es Doktor Carver, Ian?«

»Unverändert«, antwortete Ian aus dem Nebenraum.

»Keine Anzeichen von REM?«

»Nichts.«

»Warum bin ich kein Lippenleser?« sagte Kenneth. »Was sagt sie wohl jetzt?«

»Mein Gott, er hat recht!« rief George. »Warum, zum Teufel, habe ich daran nicht gedacht? Das könnte uns genau den Hinweis liefern, den wir brauchen. Wo können wir einen finden?«

»Vielleicht beim Sozialdienst?« sagte Kenneth.

»Wo ist übrigens Miss Wyld?« fragte Klorner. »Ich finde, Sie sollte hier sein.«

George schaute auf die Uhr.

»Sie sagte, sie sei um halb vier bei der Geburtsvorsorge angemeldet«, meinte er. »Sie müßte jeden Augenblick hier sein. Erkennt irgend jemand von uns diese Gegend?«

»Das in der Ferne könnte vielleicht Dartmoor sein«, sagte Kenneth.

»Was mich erstaunt, ist ihre Kleidung«, sagte Ian. »Wer trägt heutzutage noch so etwas? He? Was hat die Kleine vor?«

Jane stand am Wasser, zupfte an der Schleife ihres Mieders und öffnete das Kleid, um die Wunde an ihrer Brust zu zeigen.

»Was sagt man dazu?« murmelte Ian und sog scharf den Atem ein. »Hat man auf sie eingestochen oder was?«

»Sieht so aus«, sagte George. »Und es kann auch noch nicht sehr lange her sein.«

»Was kann geschehen sein, Doc?«

»Das weiß der Himmel«, sagte Dr. Richards. »Ich kann nur vermuten, daß wir das durch die Augen von Mikes AKE-Kontakt sehen. Aber wer ist er? Und *wo* ist er?«

»Und *wann* ist er?« ergänzte Ian. »Wenn das *jetzt* sein soll, weigere ich mich einfach, das zu glauben.«

»Wie sieht dann Ihre Alternative aus? Eine archetypische Erinnerung von Mike?«

»Daran hatte ich nicht gedacht«, gab Ian zu. »Es könnte aber sein.«

»Ich habe auch in dieser Richtung überlegt«, sagte George. »Ich habe gestern noch einmal eine von Walker und Sutherlands Abhandlungen gelesen. Sie arbeiten oben in Newcastle mit Tiefhypnose. Sie sind auf sehr eindrucksvolle Indizien für historische Einprägung gestoßen.«

»Sie scheint völlig außer sich zu sein, ganz plötzlich, nicht?« sagte Kenneth. »Hallo. Da kommt der andere wieder.«

In diesem Augenblick klopfte es an der Tür von Michaels Station, und Rachel kam herein.

»Ich sehe, es läuft«, sagte sie. »Hat sich etwas ereignet?«

»Ganz gewiß«, sagte George. »Wir sind in ständigem Kontakt. Kommen Sie und sagen Sie uns, was Sie davon halten.«

Rachel ging an Michaels Bett vorbei und betrat das Zimmer, wo die vier Männer sich um den EOU-Schirm versammelt hatten. Sie starrte erstaunt auf den Schirm.

»Wer ist sie?«

»Sie wissen es nicht?«

»Nein«, sagte sie. »Aber sie sieht mir ähnlich.«

»Wenn die Haare nicht wären, würde ich sagen, sie könnte Ihre Zwillingsschwester sein«, sagte George.

»War sie das Mädchen im Boot?«

»Das vermuten wir.«

»Und wo ist sie? Wo spielt sich das ab?«

»Wir haben keine Ahnung. Wir dachten, vielleicht wissen Sie es.«

»Keine Spur«, sagte Rachel und schüttelte den Kopf. »Was geht da vor?«

»Wir wissen nicht mehr als Sie, aber er hat offensichtlich etwas zu ihr gesagt, das sie völlig aus der Fassung gebracht hat. Guter Gott! Seht euch . . . Was, um alles –?«

»Abschalten!« schrie Klorner. »Schnell!«

Als George nach dem Hauptschalter griff, gab es in einem der metallenen Servoschränke einen dumpfen Knall, und der Bildschirm erlosch. Gleichzeitig hörten sie alle Michael Carver vor Schmerz aufschreien.

In den zwei Stunden, die sie brauchten, um den durchgebrannten Induktor zu ersetzen und die Schaltung wiederherzustellen und entsprechend zu verändern, gelang es Dr. Richards, eine Lehrerin an einer Schule für behinderte Kinder zu finden, die perfekt Lippen lesen konnte. Sie war vollauf bereit, mitzuhelfen, und kurz nach sechs Uhr holte er sie in die Klinik, setzte sie vor den Video-Recorder und schaltete ihn ein.

»Es ist nur ein Versuch, Mrs. Huddlestone«, sagte er. »Es könnte ja sein, daß sie Angelsächsisch sprechen.«

Sie nickte, rückte ihre Brille zurecht und starrte auf den Bildschirm. Als sie Jane erneut in die Arme des Mannes stürzen sahen, sagte Mrs. Huddlestone klar und deutlich: »Ich wußte, er würde Euch finden. Hab' ich es nicht gesagt? Hab' ich nicht?«

»Wunderbar!« rief Dr. Richards. »Genau das haben wir uns erhofft. Weiter, bitte, weiter.«

Die Dolmetscherin nickte. Als sie zu den Worten kam: »Fuhr in Sidbury kein Schiff?«, hielt George den Film an und sagte: »Sidbury? Sind Sie sicher?«

»Nicht absolut«, sagte Mrs. Huddlestone. »Aber ich glaube nicht, daß ich mich geirrt habe.«

»Würden Sie es sich noch einmal ansehen?« meinte er. »Das sind genau die Hinweise, nach denen wir suchen.«

Sie ließ sich die Szene noch einmal vorspielen und sagte entschieden: »Ja, Sidbury. Kein Zweifel mehr.«

Sie gingen die gesamte Abfolge durch, und sie stockte nur gelegentlich, wenn Jane mit halb abgewandtem Gesicht sprach. Am Ende hatte Dr. Richards die beiden Namen ›Sidbury‹ und ›Tallon‹ und ein Wort gewonnen, das für Mrs. Huddlestone nach ›hesh‹ ausgesehen hatte.

»Hesh?« wiederholte er. »Sagt das jemandem etwas?«

Die anderen sahen ihn verständnislos an, und Ian sagte: »Wenn das Sidbury bei Sidmouth in Devon ist, begreife ich wirklich nicht, wie er von dort mit dem Boot hergekommen sein will. Es ist ungefähr drei Meilen von der Küste entfernt.«

»Und Tallon?«

»Nie gehört.«

»Aber wir scheinen doch immerhin vorwärtszukommen«, meinte George beharrlich. »Mrs. Huddlestone, könnten wir Sie dazu bewegen, noch eine Weile dabeizubleiben?«

»Aber natürlich, Doktor Richards«, sagte sie. »Ich gestehe, ich finde das Ganze einfach faszinierend.«

»Ausgezeichnet. Wie lange dauert es noch, Ken?«

»Es muß jeden Augenblick soweit sein.«

»Wissen Sie, Doc«, sagte Ian, »ich habe so das Gefühl, daß wir eben gesehen haben, wie unsere Hypothese vom Archetyp-Gedächtnis abgeschossen worden ist.«

»Ich sehe nicht, warum«, sagte George.

»Ich kann mich natürlich täuschen, aber ich vermute, die Fahrt mit einem Boot von Sidbury hängt damit zusammen, daß Blackdown am Meer liegt. Somerset war nicht die einzige Gegend, die in der Sendung ›Vorhersage‹ unterging. Das ganze Exe-Tal stand unter Wasser. Devon und Cornwall waren Inseln.«

»Was ich nicht verstehe, ist, was passiert ist, als es den Defekt gab«, sagte Rachel. »Was ist PK-Rückschlag, Peter?«

»Psychokinese manifestiert sich unveränderlich durch das Zirbeldrüsengebiet«, sagte Klorner. »Bei einer direkten Verbindung vom Kontakt zu Doktor Carvers Gehirn ließ sich das nicht verhindern.«

»Ist deshalb das Bild so unscharf geworden, bevor es passierte?«

»Das halte ich für wahrscheinlich.«

»Und sie war verantwortlich?«

»Schwer zu sagen«, meinte George. »Aber Peter erkannte die normwidrige Erscheinung sofort, als das Mädchen auftauchte.«

»Dieses Leuchten, meinen Sie?«

Er nickte.

»Glauben Sie, daß sie damit zu tun hat?« fragte Rachel. »Daß sie für Michaels Koma verantwortlich ist?«

»Wenn ich das wüßte, Rachel. Die Tatsache, daß Mike physisch auf die PK-Entladung reagiert hat, deutet jedenfalls darauf hin. Eine psychologische Affinität, vielleicht. Wir tappen, ganz ehrlich gesagt, alle noch im dunkeln.«

»Und ob«, knurrte Ian.

Rachel ging in den Nebenraum und blickte auf den Mann hinunter, dessen Kopf nun wieder von dem Plexiglashelm umschlossen war. Daß es einen direkten Zusammenhang zwischen ihm und den eben gesehenen Szenen geben konnte, erforderte einen willentlichen Glaubensakt. Und trotzdem spürte sie auf eine sonderbare Weise, daß es wirklich so war, daß der Schrei, den sie gehört hatte, ihm durch die Intensität seiner Beziehung zu dem Leid des unbekannten Mädchens entrissen worden war.

»Es war wie ein Alptraum, und ich konnte nicht wach werden«, murmelte sie vor sich hin. »Ist es so, Mike? Oder liegt es daran, daß du nicht wach werden *willst*?«

Um 19.03 Uhr wurde der Kontakt wiederhergestellt. Das Bild war weniger scharf, für Mrs. Huddlestons Zwecke aber noch immer völlig ausreichend. Bald gab sie Einzelheiten des Gesprächs wieder, das kurz nach Janes Weggang in dem kleinen Haus stattgefunden hatte. Die Namen ›Broadbury‹, ›Bretagne‹ und ›Quantock‹ veranlaßten die Männer, einander betroffen anzusehen. Was kurz danach geschah, führte zu keinem Blickaustausch mehr; ihre Aufmerksamkeit war von dem, was sich auf dem Bildschirm abspielte, völlig in Anspruch genommen. Mrs. Huddlestone brauchte wenig zu dolmetschen, hatte aber viel zu beobachten.

»Na, das ist aber – !« war der einzige Kommentar, den sie sich gestattete. Vielleicht zum Glück wurde das Bild, als Jane und Thomas sich in die Scheune zurückgezogen hatten, zu düster, als daß man von den Lippen hätte ablesen können. Klorner schaltete auf Aufzeichnung, und sie gingen alle hinunter in die Kantine der Klinik.

Auf dem Weg dorthin kamen sie durch das Wartezimmer der Ambulanz. An einer Wand hing eine Reliefkarte des ganzen Gebietes rund um Taunton in großem Maßstab. Ian trat vor sie hin und betrachtete sie nachdenklich.

»Seht mal«, sagte er. »Nehmen wir nur einmal an, das wäre hier alles überflutet, dann wären die Quantocks eine Insel und ebenso die Blackdown-Berge.«

»Er hat recht«, sagte Kenneth. »Und verdammt noch mal, Broadbury läge an der Küste! Und Sidbury auch!«

»Was ist mit Buckfast?« fragte George.

»Angenommen, es handelt sich um Buckfastleigh, dann liegt es zu weit drüben im Westen«, sagte Ian. »Hier draußen irgendwo. Aber ich wüßte nicht, warum das nicht passen sollte. Es ist am Rand von

Dartmoor, nicht?«

Rachel starrte sie ungläubig an.

»Was wollt ihr damit sagen?« fragte sie scharf. »Daß das alles dort draußen irgendwo in der Zukunft stattfindet?«

»Richtig«, sagte Ian. »Mehr noch, ich bin fast bereit, darauf eine Wette einzugehen.«

»Sie sind verrückt, Ian!«

»›*Jetzt und Vergangenheit vielleicht*‹«, sagte George, ›*sind beide in der Zukunft gegenwärtig und Zukunft in Vergangenheit enthalten.*‹ T. S. Eliot. Ende des Zitats.«

»Sagen Sie ja nicht, Sie hätten sich bekehren lassen, George.«

»Nein«, sagte er. »Für mich ist das nur eine Hypothese mehr. Ich halte es nicht für möglich.«

»Gott sei Dank«, sagte sie. »Es ist schlimm genug, sich vorstellen zu müssen, daß Mike eine andere liebt, geschweige denn eine Person, die noch nicht einmal *geboren* ist! Sind Sie schon auf den Gedanken gekommen, daß er vielleicht gar nicht zurückkommen *will*?«

»Nein«, sagte George lächelnd. »Ich gestehe, daß ich daran noch nicht gedacht habe.«

»Nun, mir ist es heute abend eingefallen«, sagte sie. »Und offen gestanden, George, es erschreckt mich zu Tode.«

13

Ein Regengürtel, der von der Irischen See nach Osten zog, überquerte Dartmoor und erreichte Blackdown am Nachmittag. Die Elster stand unter der Scheunentür, betrachtete die tiefhängenden Wolken und brummte befriedigt.

»Das wird die Krähen im Käfig halten«, sagte er. »Wir nehmen die Küstenstraße. Das dauert eine Stunde länger, aber wir laufen weniger Gefahr, auf eine Patrouille zu stoßen. Janie, du reitest vorne neben mir. Thomas muß sich innen verstecken. Wenn wir in Broadbury sind, fahre ich den Wagen direkt hinunter zum Kai und in Jenkins' Werft. Dort warten wir, bis es dunkel wird, und sobald Jonsey mir das Zeichen gibt, schmuggle ich euch an Bord. Versteht ihr?«

Jane und Thomas sahen einander an und nickten, worauf die

Elster, um das Glück zu pachten, ausspuckte, die Lederhaube seines Umhangs über den Kopf zog und durch den Regen davonknitschte, um das Pferd anzuschirren.

Jane ging langsam zu der Heukuhle und betrachtete sie sinnend.

»Erinnerst du dich, wie du mir versprochen hast, an meinem Hochzeitstag für mich zu singen, Thomas?«

Er wandte sich ihr zu und lächelte.

»Aye, Liebes«, sagte er. »Wenn du mit dem armen Seemann verbunden wirst, den du nicht nennen wolltest. Nun, das werde ich auch tun. Ich habe Lieder in mir, bei denen die Steine das Hüpfen lernen. Corlay wird eine Hochzeit erleben, an die man für alle Zeiten denken wird.«

»Corlay«, murmelte sie. »Corlay kann so süß nie für mich sein, wie das gewesen ist.«

»Viel, viel süßer«, sagte er beharrlich. »Wir haben erst ein Vorspiel für unsere Freude geübt. Das Beste kommt erst noch.« Er trat zu ihr, legte die Arme um sie und küßte sie zart auf den Nacken. »Meine Liebe«, flüsterte er. »Meine einzige, wahre Liebe. Süße Braut der Zeit.«

Sie schauderte und preßte ihre Arme fest um die seinen.

»Warum nennst du mich so?«

»Weil du das bist. Meine Braut für ewig! Ich werde uns beide unsterblich machen! Du hast meine Seele befreit, Jane, und sie hoch hinauffliegen lassen! Selbst der Junge hätte das Lied nicht singen können, das ich für dich singen werde! Du hast mir die Kraft verliehen, die ganze Welt zu befreien!«

»Meinst du das wirklich?«

Thomas lachte.

»Meinen? Ich werde es dir *beweisen*! Ah! Jane, spürst du nicht, wie es sogar in der Luft um uns bebt? War es nicht dafür, daß der Vogel uns zusammengeführt hat? Ja, sogar das Schiff, das mich zu dir trug, wartet jetzt, um uns beide im Triumph nach Corlay zu bringen! Die ›Kingdome Come‹! Das Reich ist unser, Jane, und wir kommen, es zu fordern!« Er hob sie hoch und wirbelte sie herum wie ein Kind im Karussell, bis sie sich von seinem Glücksgefühl anstecken ließ und ihr Gelächter durch die Scheune hallte.

Zwanzig Minuten später hatte die Elster den letzten Strang an der Deichsel des Planwagens angebracht, und Jane und Thomas hatten sich von Mutter Patch verabschiedet. Kurz bevor Jane hinaufkletterte, um sich zur Elster zu setzen, sah sie die alte Frau an der Haustür winken und lief zu ihr zurück.

Die Alte winkte sie heran und flüsterte: »Gestern nacht hab' ich für dich einen strammen Jungen gesehen, Kleines, und alle Sterne drängten sich um seine Wiege. Er wird ein mächtiges Wunder für die Welt sein.«

Jane küßte sie ungestüm auf die runzlige Wange und lief mit singendem Herzen durch die Pfützen zurück zum Wagen. Die Elster griff hinunter, zog sie zu sich herauf, und einen Augenblick später waren sie unterwegs, auf dem ausgefahrenen Weg zur Küstenstraße holpernd und schwankend.

Er sah ihre schimmernden Augen und grinste.

»Mam hat es dir gesagt, nicht wahr?«

Jane nickte und wurde rot bis zu den Haarspitzen.

»Und wie wirst du ihn nennen?«

Sie lachte.

»Müßt Ihr fragen?«

»Gott behüte! Doch nicht *noch* ein Thomas?«

»In all den Reichen gibt es keinen besseren Namen«, behauptete sie entschieden. »Und ich kann ihn doch nicht ›Elster‹ nennen, oder?«

»Ich habe noch einen anderen Namen«, sagte er. »Soviel das wert sein mag, ich heiße Jack.«

Jane legte den Kopf schief.

»Das habe ich gar nicht gewußt«, sagte sie. »Warum benützt Ihr ihn dann nicht?«

»Mein Halunke von Vater hieß so«, sagte er, »und ich will von ihm nicht mehr wissen, als er von mir wissen wollte.« Er drehte den Kopf und spuckte aus, als hätte der bloße Gedanke an seinen Vater einen bitteren Geschmack auf der Zunge verursacht. »Heiratet ihr in Corlay?«

»Ja«, sagte sie. »Und Ihr, liebste Elster, sollt der Ehrengast bei unserem Hochzeitsmahl sein. Ihr sollt an meiner linken Seite sitzen und aus meinem Becher trinken. Und Thomas soll zu Eurem Lob ein besonderes Lied erfinden, und alle werden es singen.«

»Das klingt zu gut, als daß man es verpassen dürfte«, sagte er grinsend. »Wann soll es sein?«

»Bald«, sagte sie. »Je früher, desto besser. Oh, Elster, es *wird* doch sein, nicht wahr?«

Er warf ihr hastig einen Blick zu.

»Aye, Janie«, sagte er. »Natürlich wird es sein. Genau, wie Mam es durch *Huesh* gesehen hat.«

»Das hat sie also auch gesehen?«

»Aber ja«, sagte er. »Hat sie dir das nicht gesagt?«

»Nein. Kein Wort. Nur von dem Kind – unserem Jungen.«

»Muß durch ihr altes Sieb gerutscht sein. Na, sie hat gestern die ganze Nacht nichts anderes gesprochen.«

Jane stieß einen tiefen Freudenseufzer aus, schloß die Augen, legte den Kopf zurück und murmelte: »Oh, heiliger Weißer Vogel, ich danke Dir von ganzem Herzen.«

Die Elster hörte ihr stilles Gebet und erteilte sich innerlich Absolution von der Sünde seiner gütigen kleinen Erfindung.

Sie erreichten den Ortsrand von Broadbury, ohne einen Falken gesehen oder gehört zu haben. Der einzige Hinweis auf ihr Vorhandensein war die schwarze Flagge, die feucht an ihrer Fichtenstange über dem Steinfort, das den kleinen Hafen überblickte, klatschte. Aber als der Wagen zum Kai hinunterbog, zupfte Jane am Ärmel der Elster und zeigte auf die Straße, die über den Berg nach Dunkeswell führte. Ein Trupp von fünf graugekleideten Soldaten lief zum Hafen hinunter. Der Wind vom Meer übersprang die Häuser am Wasser und trug das kalte Klirren von Metall herauf.

»Keine Angst, Mädel«, murmelte die Elster. »Glaub mir, sie sind auf dem Weg zur Unterkunft.«

Und so war es. Der Trupp erreichte die Stelle, wo die Straße sich gabelte, und marschierte im Schnellschritt über das Kopfsteinpflaster zu den Toren des Forts.

Jane stieß einen langen Seufzer der Erleichterung aus.

»Die Schwarzen sind schon schlimm genug«, murmelte sie, »aber diese Grauen . . .« Sie fröstelte und ließ den Satz unvollendet.

»Sie sind auch nur sterblich«, sagte die Elster grimmig. »Und notfalls können sie sterben, um es zu beweisen.«

»Ich will nicht, daß sie sterben«, flüsterte sie. »Sie sollen uns nur in Frieden lassen. Wir haben ihnen nichts getan.«

»Das sind Ansichten«, sagte die Elster. »In ihrer Welt heißt es

Fressen oder Gefressenwerden. Die Krähen fliegen in dieser Zeit in Angst vor ihren schwarzen Seelen. Sie wissen, daß ihre Zeit, den Horst zu verlassen, fast um ist.«

Die Ledervorhänge hinter ihnen teilten sich ein wenig, und Thomas guckte heraus.

»Was ist?« flüsterte er. »Habt ihr etwas gesehen?«

»Bleibt unten, Mann«, knurrte die Elster. »Wollt Ihr den Trank verschütten, bevor Ihr ihn probiert habt? Ich traue dem Ungeziefer zu, daß man ein Glas auf uns gerichtet hat.«

Thomas verschwand blitzschnell, und die eisenbeschlagenen Räder des Wagens quietschten und ratterten auf dem nassen Pflaster. Jane kauerte sich in ihrem feuchten Umhang zusammen und hielt sich an einem Seil fest. Ind diesem Augenblick wurde ihr plötzlich eine blendende Vision eines goldenen Schlosses hoch zwischen braunen und violetten Gipfeln zuteil. Sie wußte auf der Stelle, daß das Corlay sein mußte, obwohl es bebte, als betrachte sie es durch ein zitterndes Glas.

Von ihrem *Huesh* völlig gefangen, war sie blind für die zwei Falken, die sich aus der Gruppe am Fort lösten und die Straße auf der anderen Seite des Hafens zurückgaloppierten. Bedauerlicherweise konzentrierte die Elster sich auf das Kutschieren und bemerkte sie auch nicht.

›Einauge‹ Jonsey und sein Bruder stemmten Apfelweinfässer auf die ›Kingdome Come‹, mit Hilfe einer primitiven Winde, die sie am Kai aufgestellt hatten. Sie schauten sich um, als der ledergedeckte Wagen der Elster über das Pflaster auf sie zuratterte, aber sie nickten beide nur unmerklich, als er vorbeifuhr, den Kai hinunter zur Werft Saul Jenkins'. Dort brachte die Elster das dampfende Pferd zum Stehen, sprang vom Kutschbock und begann eines der großen Holztore zu öffnen.

Er war gerade zu seinem Pferd zurückgekehrt und wollte es in den Hof führen, als er auf dem Pflaster Hufgetrappel hörte und eine Stimme schrie: »Steh, Kärrner, bei deinem Leben!«

Die Elster war unentschlossen. Seine gespannte Armbrust lag mit aufgelegtem Bolzen bereit hinter dem Ledervorhang im Wagen. Der Versuch, nach ihr zu greifen, konnte nur eine Katastrophe für sie alle herbeiführen. So, als ahne er nicht, daß der Befehl ihm galt, zerrte er am Zaumzeug des Gauls und wurde mit einem Bolzen belohnt, der an seinem Ohr vorbeisurrte und sich in das Brettertor bohrte.

»Seid Ihr verrückt?« schrie er. »Was müßt Ihr auf einen ehrlichen, gottesfürchtigen Händler schießen?«

»Dann tut, was man Euch heißt!« rief der Soldat, der den Bolzen abgefeuert hatte. »Steht heißt steht still, Ihr Narr!« Er zügelte sein schnaubendes Pferd und schwang sich aus dem Sattel. Dann schob er einen neuen Bolzen in die Armbrust und spannte sie mit der Kurbel. »Wer ist das Weib?«

»Meine Nichte Patty. Die Tochter meiner Schwester Betsy.«

Der Soldat brummte etwas.

»Was befördert Ihr?«

»Eine Fracht Stühle, Master. Die ganze Arbeit eines langen Winters.«

»Zeigt.«

Die Elster berührte mit dem Finger die Schläfe und kletterte auf den Wagen.

»Komm, Patty«, sagte er. »Beweg dich. Zeig dem Herrn, welch gute Ware wir Master Jenkins bringen.«

Jane nickte und begann die Knebel am Vorhang zu drehen. Die Elster schlug den unteren Teil der Klappe zurück, schob die Hände hinein und zerrte einen Stuhl aus gebogenen Hölzern heraus, den er dem Soldaten hinhielt.

»Ich habe ein rundes Dutzend davon hier, Master«, winselte er. »Einer wie der andere. Wollt Ihr sie alle sehen?«

Der Falke schaute sich zweifelnd nach seinem Begleiter um, schien wieder auf sein Pferd steigen zu wollen, überlegte es sich plötzlich anders.

»Aye, Mann«, knurrte er. »Macht auf.«

Die Elster gab Jane den Stuhl, öffnete die restlichen Knebel und öffnete eine der Klappen. Der Soldat stellte einen gestiefelten Fuß auf das Trittbrett, zog sich mit einer Hand hoch und schaute hinein.

»Aye, gut«, murmelte er, »es ist, wie Ihr sagt.« Als er im Begriff war, hinunterzusteigen, gab er der zweiten Klappe mit seiner Armbrust beiläufig einen Stoß und öffnete sie so weit, daß die Waffe der Elster sichtbar wurde. Er zog die Brauen zusammen, zog die Armbrust heraus und rief seinem Begleiter zu: »Behalt die beiden im Auge, Brad. Ich sehe mich im Wagen um.«

Der zweite Soldat befahl Jane und der Elster, herunterzusteigen.

Während sie dastanden und hinaufstarrten, hörten sie einen Aufschrei im Wageninneren, gefolgt von dem Triumphruf: »Wir sind auf Gold gestoßen, Junge! Ich hab' mir eine lebendige Schlange gefangen!«

Bruder Francis kehrte von einem erfolglosen Ausflug zu einer Familie der Bruderschaft zurück, die auf einer entlegenen Farm hoch in den Bergen hinter Broadbury lebte, als er zwei bewaffnete und berittene Falken auf der Hafenstraße langsam zum Fort reiten sah. Zwischen ihnen, die Handgelenke auf den Rücken gefesselt, um die Hälse ein starkes Seil, stolperten zwei Männer und ein Mädchen. Ein paar Neugierige setzten sich dem stetig fallenden Regen aus, um die melancholische kleine Prozession vorbeiziehen zu sehen, und Francis schloß sich ihnen hastig an. Er suchte sich eine Frau aus, die Mitgefühl zu besitzen schien, und murmelte: »Wer sind sie?«

»Es heißt, es sei der von der Bruderschaft, den sie überall gesucht haben, Sir. Der andere ist die Elster.«

»Und das Mädchen?«

»Das wird die Töpfertochter aus Tallon sein. Man hat ihren Vater gehängt, die Arme.«

»Ein trauriger Anblick«, murmelte Francis. »Aber es ist gewiß Gottes Wille.«

Die Frau starrte ihn an, bemerkte seine Kutte und murmelte widerwillig: »Aye, kein Zweifel«, bevor er sich entfernte.

Francis wartete, bis die Gefangenen und ihre Eskorte den Hafen verlassen hatten und die steile Straße zum Fort hinauf erreichten, dann schob er die Tasche auf die Schulter und ging ihnen nach. Er hatte keinen bestimmten Plan, außer, auf irgendeine Weise zur Stelle zu sein und, wenn möglich, den Versuch zu unternehmen, sich für sie zu verwenden, sollte die Gelegenheit sich ergeben. Er glaubte, es könnte ihm vielleicht gelingen, ihnen eine Galgenfrist zu verschaffen, indem er Erzbischof Constants Siegel überlegt einsetzte, verbunden mit Drohungen ernsten Mißvergnügens Seiner Lordschaft. Aber er täuschte sich nicht darüber, daß das mehr sein mochte als ein zeitweiliger Schild gegen Bruder Andrews unerbittliche Besessenheit und die pragmatische Macht der Grauen Brüder, hinter der die ganze düstere Maschinerie des Weltlichen Arms stand.

Die eisenbeschlagenen Türen der Festung waren geschlossen und verriegelt, bis er sie erreichte. Er hämmerte an das Pförtchen, bis die Klappe hinter dem Metallgitter weggezogen wurde und ein argwöhnisches Augenpaar ihn anstarrte.

»Euer Begehr?«

»Ich reise im Auftrag meines Herrn, Erzbischof Constant. Ich verlange, sofort von Eurem Kommandanten empfangen zu werden.«

»Euer Name – Sir?«

»Bruder Francis von York.«

»Zeigt Eure Vollmacht.«

Francis kramte in seiner Tasche und zog das *Laisser-passer* heraus, an dem das Siegel des Primas befestigt war. Er entfaltete das Dokument und hielt es hoch, mit der Mutmaßung, daß der Pförtner nicht lesen konnte. Es blieb kurze Zeit still, dann wurde die Klappe geschlossen, und er hörte einen Riegel knirschen. Das Pförtchen öffnete sich, und Francis trat in das Gewölbe des Wachhauses. In diesem Augenblick schrie im Innenhof eine Stimme: »Macht auf, Mann!« und ein behelmter Falke kam auf sie zugelaufen, sein Pferd am Zaumzeug hinter sich herziehend.

Der Pförtner beeilte sich, einen der Torflügel zu öffnen. Mit einem kurzen Nicken sprang der Soldat in den Sattel und galoppierte die Straße hinunter.

Francis trat zur Seite, als der Pförtner den Torflügel wieder schloß, die schweren Riegel zustieß und halblaut über die verdammten Grauen schimpfte, die des Glaubens seien, die ganze verdammte Welt und alle verdammten Wesen darin wären ihr Besitz. Als der letzte Riegel vorgeschoben war, fragte Francis den Mann, wo er den Befehlshaber finden könne.

»Dort durch den Hof und durch den Bogengang. Cap'n Arnolds ist die zweite Tür.«

Francis schlängelte sich zwischen den Pferdeäpfeln hindurch und schritt durch den gepflasterten Hof. Vier dampfende Pferde waren an Eisenringen in einer Mauer angebunden. Aus einer Stalltür trat ein Pferdeknecht mit einer Armvoll Heu, das er in eine Krippe an der Mauer stopfte. Hinter ihm erschien ein Soldat, der zwei Holzeimer trug. Von den drei Gefangenen oder ihrer Eskorte war nichts zu sehen.

Als Francis den Bogengang erreichte, hörte er hinter der ersten der beiden Türen auf der rechten Seite Stimmen. Einen Augenblick danach ging die Tür auf, und ein stämmiger, grauhaariger Mann in Stiefeln und Reithose, aber ohne Rock, stürmte heraus und schrie über die Schulter: »Das sind meine Befehle, verdammt, und vergeßt das nicht!«

»Captain Arnold?«

Der Kopf des Mannes fuhr herum.

»Ja? Ich bin Captain Arnold.«

Francis neigte den Kopf.

»Erlaubt, daß ich mich vorstelle, Captain. Bruder Francis, Abgesandter *privatus* meines Herrn, Erzbischof Constant von York.«

»*Kardinal* Constant?«

Francis' Blick zuckte überrascht, dann nickte er.

»Es freut mich, Eure Bekanntschaft zu machen, Sir. Wollt Ihr in mein Büro treten? Vergebt diesen Aufzug. Heute ist alles ein wenig durcheinandergeraten.«

Francis gestikulierte, um Mitgefühl und Verständnis zu bezeugen, und folgte dem Captain in ein überraschend behagliches Zimmer. Ein breites Fenster mit Mittelpfosten ging auf den Hafen hinaus, und im Kamin brannte lodernd ein Feuer aus Scheiten. An der Rückseite einer Innentür hing etwas, das bemerkenswerte Ähnlichkeit mit einem Frauenunterrock hatte.

»Ein Glas Wein, Sir?«

»Danke«, sagte Francis. »Sehr gütig von Euch.«

Der Captain brachte zwei Glaskelche und eine grüne Flasche.

»Boscherläh«, sagte er mit stolzem Grinsen. »Ich hoffe, er behagt Euch?«

Francis nickte und lächelte.

»Ihr habt einen ausgezeichneten Keller, Captain. Auf Eure Gesundheit.«

»Und auf Eure, Sir. Nun, wie kann ich Euch zu Diensten sein?«

Francis schlürfte seinen Wein und betete verzweifelt um eine Eingebung.

»Ich bin in einer Angelegenheit von besonders heiklem Charakter hier, Captain Arnold. Jedoch« – und er schaute sich um – »bin ich überzeugt davon, daß ich mich auf Eure strengste Diskretion verlassen kann. Mein Herr, der Erzbischof – will sagen, *Kardinal* Constant . . .«

Captain Arnold nickte und tippte mit dem Zeigefinger an den Nasenflügel.

»*Kardinal* Constant hat mich mit einer vertraulichen Mission beauftragt, die einen Mann betrifft, der sich den Namen ›Thomas von Norwich‹ zugelegt hat, Mitglied der –«

Das Glas des Captains war auf dem Weg zum Mund erstarrt. Seine Lippen hatten sich geöffnet. Er riß die Augen auf.

»*Wer*, sagt Ihr?«

»Thomas von Norwich. Ich brauche nicht zu erwähnen, daß das nicht sein richtiger Name ist. Er gehört in Wirklichkeit dem privaten Nachrichtendienst Seiner Lordschaft an, der vor einigen Jahren in die Sekte der Bruderschaft eingeschleust wurde. Aus Gründen, die ich leider nicht preisgeben darf – so gerne ich es täte –, muß unbedingt dafür gesorgt werden, daß dieser Mann nicht in die Hände der Grauen Brüder fällt.«

»Sprecht weiter, Sir.«

Francis zögerte einen Augenblick und dachte an die gemurmelten Flüche des Pförtners. Er setzte alles auf eine Karte.

»Mein Herr, der Kardinal, ist der Ansicht, daß die Grauen Brüder ihre Befugnisse weit überschritten haben. Diese willkürlichen Exzesse bringen unseren ganzen Weltlichen Arm in Verruf, in allen Königreichen. Wir sind Soldaten Christi, Captain Arnold, keine Schlächter!«

Der Captain nickte.

»Ah, wahr, Sir, sehr wahr«, murmelte er. »Die Grauen lassen wirklich jedes Maß vermissen.«

»Wenn Ihr also zufällig den Verbleib dieses Mannes erfahren solltet, Captain, würde Seine Lordschaft, der Kardinal, es für eine hochzuschätzende Tat handeln – ja für eine, die weltliche Beförderung verdient – wenn Ihr Euer Äußerstes tun wolltet, dafür zu sorgen, daß ihm nichts zustößt. Der Mann soll unter meiner persönlichen Aufsicht direkt nach York gebracht werden.«

Captain Arnold befeuchtete die Lippen mit der Zungenspitze.

»Und was würdet Ihr sagen, Sir, wenn ich Euch mitteilte, daß ein Mann, welcher der Beschreibung eben dieses Angehörigen der Bruderschaft entspricht, vor nicht mehr als einer Viertelstunde hier als Gefangener eingeliefert worden ist?«

Francis führte eine kleine Pantomime höchster Überraschung vor und beschloß sie mit den Worten: »Ach, daß Ihr Euch veranlaßt seht, mit mir zu scherzen, Captain!«

»Nicht ich, Sir, bei meinem Glauben! Zwei von den Grauen haben ihn unten am Hafen mit zwei Begleitern aufgespürt – einem Weib aus Quantock und einem Händler aus der Gegend. Wir haben alle drei in eine Zelle gesperrt, um die Ankunft von Bischof Simons Hauptinquisitor abzuwarten.«

»Bruder Andrew?«

»Aye, das ist er. Kennt Ihr ihn?«

»Wir sind uns begegnet«, sagte Francis. »Und Ihr sagt, er kommt hierher?«

Der Captain nickte.

»Einer seiner Leute ist eben nach Dunkeswell geritten, um ihn zu holen. Ich habe Befehl gegeben, daß mit den Gefangenen nichts geschehen darf, bis er eintrifft.«

»Ihr habt weise und human gehandelt, Captain. Seine Lordschaft, der Kardinal, werden das gewiß von meinen Lippen hören. Der beste und einfachste Weg für mich wäre nun vielleicht, wenn ich mich hinsetze und Euch das amtliche *Receptum* ausstelle, das Euch von aller weiteren Verantwortung entbindet. Aber zuvor meine Vollmachten.« Er zog seinen Ermächtigungsbrief heraus und hielt ihn dem anderen hin.

Der Captain überflog ihn kurz und nickte.

»Scheint alles völlig in Ordnung zu sein«, sagte er. »Aber solltet Ihr Euch vorher nicht lieber vergewissern, daß er der Richtige ist?«

»Ja, gewiß. Ein Wort unter vier Augen mit ihm wird genügen. Das sollte uns nicht lange aufhalten.«

Der Captain leerte sein Glas, stellte es auf den Tisch und marschierte zur Tür.

»Wenn Ihr so gut sein wollt, mir zu folgen, Sir«, sagte er, »führe ich Euch gerne selbst zu ihm.«

14

Vier Graue Falken lungerten an einem Eichentisch und würfelten mit einem Lederbecher. Eine Steingutflasche Ale lag in der Glut auf einem Herd, und Brot und Käse lagen auf einer Bank verstreut. Als die Tür aufging und Captain Arnold hereinschritt, gefolgt von Bruder Francis, sahen die Soldaten auf, spielten aber weiter.

Das Gesicht des Captains wurde weiß vor Wut.

»Auf, Ihr meuternden Hunde!« brüllte er.

Langsam, mit berechneter Gleichgültigkeit, stemmten die Soldaten sich hoch und starrten die beiden Männer frech an.

»Den Schlüssel.«

Die Falken sahen einander an, und der Mann, der Thomas verhaftet hatte, sagte: »Das sind unsere Gefangene, Captain, nicht die Eurigen.«

Captain Arnold diskutierte nicht. Er war einen ganzen Kopf kleiner als sein Gegenüber, aber er trat mit zwei schnellen Schritten auf ihn zu und hieb dem Mann die Faust ins Gesicht.

»Den Schlüssel, du Hund!« fauchte er.

Der Falke leckte sich die aufgeplatzte Lippe, dann griff er langsam in den Rock und zog einen eisernen Schlüssel heraus. Er hielt ihn dem Captain hin.

»Aufmachen!«

Der Mann ging zur Innentür, stieß den Schlüssel ins Schloß und drehte ihn. Dann hob er den gestiefelten Fuß und gab der Tür einen solchen Tritt, daß sie krachend an die Steinmauer der Zelle prallte.

Captain Arnold ging nicht darauf ein. Er winkte Francis.

»Sie sind unten, Sir«, sagte er. »Achtet auf die Stufen.«

Francis nickte, zwängte sich an dem Soldaten vorbei und trat hinunter in das Halbdunkel der Zelle. Er schaute sich um.

»Wer von Euch ist Thomas von Norwich?« flüsterte er. Als seine Augen sich an die Düsternis zu gewöhnen begannen, sah er, daß allen mit Stoffetzen die Münder zugebunden worden waren.

»Sie sind geknebelt und gefesselt, Captain«, rief er. »So kann ich sie nicht verhören.«

»Einen solchen Befehl habe ich nicht erteilt«, erwiderte der Captain. »Ihr habt meine Erlaubnis, sie zu befreien.«

Francis löste den Knebel bei dem Mädchen, dann trat er zu dem ersten der beiden Männer.

»Ich bin von der Bruderschaft«, flüsterte er drängend. »Ich bin gekommen, um euch zu retten. Wer von euch ist Thomas von Norwich.«

Der Mann öffnete den Mund und zeigte die beiden Hälften seiner fremdartigen Zunge. Er sagte kein Wort.

Francis beugte sich über ihn.

»Mein Name ist Francis«, murmelte er. »Ich komme von Gyre. Ich habe dem Captain eingeredet, Ihr wärt ein Geheimagent von Kardinal Constant. Sobald ich Euch klar identifiziert habe, ist er bereit, euch alle meiner Obhut zu übergeben.«

»Von Gyre, sagt Ihr?«

»Aye, Thomas. Vor vier Tagen habe ich ihn auf Black Isle sterben sehen.«

»Welchen Beweis habt Ihr?«

»Die Flöte. Die Flöte des Jungen. Gyre hat sie mir für Euch übergeben. Ich habe sie hier bei mir.«

»Könnt Ihr meine Hände losbinden, Francis?«

»Ich habe kein Messer.«

Die Elster schlurfte heran, und als Francis ihm den Knebel abnahm, zischte er: »In meinem linken Stiefel. Schnell, Mann!«

»Nun?« rief der Captain. »Seid Ihr überzeugt, Sir?«

»Augenblick, Captain.« Francis ergriff das Messer, sägte verzweifelt an den Fesseln des Bruders und spürte, wie sie sich lösten.

Thomas befreite mit einem Ruck seine Handgelenke.

»Die Flöte, Mann!« zischte er. »Gebt mir die Flöte! Und wenn Ihr mich spielen hört, haltet Euch die Ohren zu.«

Francis drückte Thomas das Messer in die Hand und zerrte am Verschluß seiner Tasche.

»Ich muß gehen und für Euch ein amtliches *Receptum* unterschreiben«, flüsterte er. »Ich komme gleich wieder.«

»Die Flöte!«

»Aye, hier ist sie.« Er zerrte das Lederetui heraus, warf es Thomas auf den Schoß und raffte sich auf. »Das ist wahrhaftig der Mann, Captain«, rief er hinauf. »Wir können fortfahren.«

»Sehr wohl, Sir. Begleitet Ihr mich?«

Francis stieg die Stufen zur Zellentür hinauf und zog sie hinter sich zu.

Der Captain drehte den Schlüssel herum, zog ihn heraus und steckte ihn in die Hosentasche. Als die beiden Männer den Wachraum verließen, konnten sie die Falken miteinander murmeln hören.

»Meuternde Hunde«, knurrte der Captain. »Wenn ich sie in meiner eigenen Einheit hätte, würden sie bald ein anderes Lied singen.«

Während Captain Arnold die Weingläser noch einmal füllte, tauchte Francis einen Gänsekiel in die Tinte und kritzelte: ›Ich, Bruder Francis, Abgesandter *privatus* Seiner Lordschaft, Kardinal Constant von York, übernehme hiermit volle Obhut und Verantwortung für‹ – er machte eine Pause, um seine Feder wieder zu füllen – ›Bruder Roger, bekannt als Thomas von Norwich, Mitglied der Bruderschaft, und die beiden mit ihm zusammen in Haft genommenen Gefangenen.‹ Er schrieb das Datum, unterzeichnete mit einem Schnörkel, streute Sand darüber und schüttelte das Blatt trocken. Dann prostete er dem Captain zu und leerte das Glas auf einen Zug.

»Ich werde dafür sorgen, daß Eure Dienste gebührend anerkannt werden, Captain Arnold. Vergeßt nicht, ich habe das Ohr des Kardinals.«

Der Captain wollte grinsen, zog aber dann die Brauen zusammen.

»Ich versuche, meine loyale Pflicht zu tun, Sir. Aber ich gestehe, daß ich stets bestrebt war, Gerechtigkeit mit Gnade zu verbinden.«

»Das kann ich gut glauben, Captain.« Francis rollte die Quittung eng zusammen und überreichte sie mit einem Lächeln. »*Consummatum est*«, sagte er. »Wollen wir die Formalitäten jetzt abschließen? Ich bin sicher, daß Ihr viel dringendere Pflichten zu erfüllen habt.« Er griff nach seiner Tasche, schwang sie auf die Schulter und folgte dem Captain zurück in die Wachstube.

Beim Eintritt bemerkte Francis als erstes, daß die Soldaten nicht mehr würfelten. Zwei standen neben der Eingangstür, während der Mann mit der angeschwollenen, geplatzten Lippe neben einem Begleiter stand, mit dem Rücken zum Kamin. Beide hatten Armbrüste in den Händen.

Wenn Captain Arnold die Veränderung wahrnahm, ließ er sich nichts anmerken. Er marschierte zur Zellentür und stieß den Schlüssel ins Schloß. Als er ihn herumdrehen wollte, sagte der Anführer der Falken: »Was habt Ihr vor, Mann?«

Der Captain drehte sich auf dem Absatz langsam um.

»Mann?« flüsterte er. »Hast du mich ›Mann‹ genannt?«

»Aye«, erwiderte der Falke mürrisch. »Und Ihr werdet meine Gefangenen nicht stehlen, selbst wenn ich dafür hänge.«

»Oh, hängen wirst du gewiß«, versicherte ihm der Captain. »Und wenn ich dir die Schlinge selbst um den Hals legen muß, du wirst hängen.« Er drehte gewaltsam den Schlüssel herum, stieß die Zellentür auf und schrie: »Kommt herauf, ihr drei!«

»Der erste, der den Fuß in die Tür setzt, stirbt!« brüllte der Soldat. »Ich kenne meine Befehle.«

»Das ist Meuterei.« Captain Arnold sagte es ganz langsam und gemessen, aber mit einem Unterton kaum unterdrückter Wildheit, der höchst beeindruckend war. »Es ist euch klar, daß ihr dafür alle vier hängen könnt. Dieser heilige Priester ist der persönliche Abgesandte von Kardinal Constant. Überlegt euch das gut, ihr verräterischen Hunde!«

»Laß gut sein, Jan«, murmelte einer der Falken. »Sie schlagen uns alle ans Kreuz.«

»Sie schlagen uns nicht ans Kreuz, Junge, und sie hängen uns auch nicht. Der alte Andrew wird dafür sorgen. Er muß gleich hier sein. Schließt die Tür, Leute. Wir bleiben alle hier und stehen das durch, bis er kommt.«

Als die Außentür zufiel, drang vom schattenhaften Eingang der Zelle ein Ton herauf, so unaussprechlich süß und rein, daß Francis zuerst nur glauben konnte, er bilde sich ihn ein: ein einzelner, durchgehaltener, trillernder Ton von unerträglich köstlicher, kristallener Klarheit. Ein zweiter folgte, und noch einer, jeder so schillernd wie ein Diamanttropfen, bis sein ganzer Kopf in wahnhafter, zitternder Übereinstimmung zu vibrieren schien. Im selben Augenblick nahm er wahr, daß mit dem Licht im Raum etwas Unfaßbares geschah. Jeder winzige Punkt Feuerschein oder Lichtspiegelung hatte begonnen, sich zu verzweigen und zu funkeln wie ein Filigran von Regenbogenreif an einer winterlichen Fensterscheibe; hinauszuckend in schlanken, glitzernden Speerschäften subtilen Flimmerns, bis jede Person und jeder Gegenstand im Raum in ein schillerndes Geflecht juwelenhaften Glanzes gekleidet war. Als die Stärke des Leuchtens zunahm, steigerte sich auch die Agonie in seinem Kopf, bis sie die Schwelle meßbarer Schmerzen überschritten und sich in ekstatische Pein verwandelt hatte, eine so reine, elementare Empfindung, daß er wußte, er würde sich auflösen und eins werden mit der Luft und dem zerbrechlichen Gewebe des Lichts und sogar des Mauerwerks. Nicht länger bewußt hörend oder sehend, hörte und sah er doch alles. Ungefesselt stieg seine verzauberte Seele hinauf wie ein Habicht, in immer größer werdenden Kreisen sich hinausschwingend, weiter und immer weiter davon, bis er sich, so unfaßlich es war, wieder auf Black Isle wiederfand und die zuckenden Finger des sterbenden Gyre ihn auf den Pfad des Liedes der Lieder zum Paradies Ewiger Bruderschaft winken sah, wo es keine Angst mehr gab.

Francis kam wieder zu sich, als das Mädchen sich über ihn beugte und ihn schüttelte. Er schien zu ihr hinaufzuschweben wie aus unvorstellbaren Tiefen und zog, unfähig, es zu verhindern, weiter, bis er in den stillen grauen Ozean ihrer Augen tauchte. Dort hielt sie ihn einen Augenblick fest, still schwebend, bevor sie ihn sanft freiließ.

»'s ist alles, wie er sagte, Thomas«, rief sie. »Wird er gehen können?«

Hände ergriffen Francis an den Oberarmen, und er wurde sich bewußt, daß man ihn aufsetzte. Obwohl er körperlich kaum etwas empfand, wußte er, daß sein Rücken an der rauhen Mauer der Wachstube lehnen mußte.

»Könnt Ihr stehen, Mann?« fragte eine Männerstimme kurz.

Mit einer ungeheuren Willensanstrengung gelang es Francis, sich ein paar Zentimeter vom Boden hochzuheben, dann sank er zurück.

»Noch einmal, Mann«, drängte die Elster. »Versucht es. Hoch. Hoch!«

Der Griff um seine Arme wurde fester, seine Füße scharrten am Boden, und auf irgendeine Weise stand er, schwankte wie ein Betrunkener und gaffte in betäubtem Erstaunen. Die beiden Falken, die vor dem Kamin gestanden hatten, befanden sich immer noch dort, blickten aber mit leeren, geistlosen Augen zur Balkendecke hinauf. Captain Arnold lag ausgestreckt, wie schlafend, auf dem Boden vor der Zelle.

»Versucht zu gehen, Francis«, drängte das Mädchen. »Wir helfen

Euch. Kommt.«

Francis zwang seine hölzernen Beine, ihn zu tragen, kam einen taumelnden Schritt voran und wäre vornübergestürzt, hätten Jane und die Elster ihn nicht festgehalten.

»Noch einmal.«

Er versuchte einen zweiten Schritt, einen dritten.

»Gut. Gut«, ermutigte sie ihn. »Ihr lernt es wieder.«

Mit einer Zunge, die sich wie eine aufgepumpte Blase anfühlte, gelang es ihm, zu fragen, was geschehen sei.

»Warum habt Ihr Euch die Ohren nicht zugehalten, wie Thomas es verlangte?« sagte sie. »Hättet Ihr nicht Gyre spielen hören, es ginge Euch jetzt sicherlich wie den anderen.«

Ihre schlurfende Fortbewegung hatte sie zu den zwei Falken an der Tür geführt. Francis starrte sie an und sah, daß ihre Augen auf einen fernen Punkt gerichtet waren, den nur sie sehen konnten.

»Werden ... sie? ... Sind ... sie?« stieß er hervor.

»Wir wissen es nicht«, sagte sie. »Thomas hat das vorher nur mit Tieren gemacht. Er glaubt, daß sie sich mit der Zeit erholen werden.«

In der Ferne knallte eine Tür, gefolgt vom lauten Klappern eisenbeschlagener Stiefel auf Stein. Das Mädchen fuhr herum und ließ Francis beinahe los.

»Thomas!« rief sie. »Sie kommen!«

»Fürchtet nichts, Liebste«, erwiderte Thomas. »Kümmere dich um ihn.«

15

Dr. Richards traf mit Rachel und Mrs. Huddlestone in der Intensivstation ein, um zu erfahren, daß sich herumgesprochen hatte, was im Gange war, und daß mindestens ein halbes Dutzend fremder, junger weißgekleideter Gestalten sich in den Nebenraum gedrängt hatte und vor dem EO-Umwandler stand.

»Was *soll* das?« protestierte er. »Wer hat Ihnen allen erlaubt, hier hereinzukommen?«

Sie schoben sich verlegen zurück, die Blicke immer noch auf den

Bildschirm gerichtet, und einer sagte: »Ist es wahr, daß das eine echte AKE ist, Sir?«

»Wir wissen nicht, *was* es ist«, sagte George, »und wenn die Damen und Herren nicht verschwinden und uns weiterarbeiten lassen, werden wir es wohl auch nie herausbekommen, nicht? Wenn Sie also die Güte hätten . . .«

»Könnten wir nicht ganz hinten stehenbleiben, Sir?« flehte jemand. »Ich verspreche, wir machen uns nicht bemerkbar. Es kommt schließlich nicht jeden Tag vor, daß man Gelegenheit bekommt, Medizingeschichte mitzuerleben.«

»Raus!« knurrte George und hielt die Tür auf, bis sie alle hinausgetrottet waren. Dann rief er den Sprecher zurück. »Besorgen Sie mir ein Schild ›Zutritt strengstens verboten‹ für diese Tür«, sagte er. »Wenn Sie in zwei Minuten damit da sind, lasse ich Sie mit hinein. Aber nur *wenn* und nur *Sie*, verstanden?«

Als der junge Assistenzarzt den Flur hinunterrannte, sagte George: »Hat es eine neue Entwicklung gegeben, Peter?«

»Die drei wurden unten am Kai von Soldaten gefangengenommen«, sagte Klorner. »Man brachte sie in eine Art Fort und sperrte sie in eine Zelle. Es ist sehr dunkel dort.«

»Mrs. Huddlestone wird uns auch nicht viel helfen können«, sagte Ian. »Sie sind alle geknebelt.«

»Guter Gott! Wirklich?« George starrte auf den Bildschirm. »Noch immer kein Anzeichen von REM bei Mike, wie?«

»Nichts.«

»Und die Verzerrung?«

»Noch immer nur bei dem Mädchen.«

Dr. Richards nickte.

»Ich werde etwas versuchen, das mir gestern nacht eingefallen ist«, sagte er. »Rachel, ich möchte, daß Sie hinübergehen und Mike berühren – seine Hand halten oder irgend etwas. Vorsicht, damit Sie nicht an die Infusionskanüle kommen.«

Rachel ging in den anderen Raum und trat ans Bett.

»Jetzt?« fragte sie.

»Jetzt«, sagte George.

Sie hob Michaels Handgelenk und hielt es sanft in ihrer Hand.

»Gut«, sagte George. »Jetzt loslassen.«

»Geschehen.«

»Noch einmal.«

Sie griff ein zweitesmal nach der schlaffen Hand und hörte George sagen: »Bilde ich mir das ein, oder gerät die Verzerrung ins Schwanken?«

»Ja, ich glaube, Sie könnten recht haben«, sagte Ian. »Können Sie es noch einmal versuchen, Rachel?«

Sie tat es, und diesmal stimmten alle, die auf den Bildschirm starrten, darin überein, daß die schwache, dunstige Aura um den Kopf des Mädchens sich wahrnehmbar trübte, solange Rachel in direkter körperlicher Berührung mit dem Bewußtlosen war. Bevor sie Gelegenheit hatten, über die Bedeutung der Erscheinung zu diskutieren, ging die Tür auf, und der junge Assistenzarzt kam zurück. Im selben Augenblick sagte Klorner: »Hallo. Sieht so aus, als passiere endlich etwas. Wer ist das?«

Mrs. Huddlestone gab sich alle Mühe, sie aufzuklären, aber da Francis mit den Gefangenen nur flüsterte und das Licht so schwach war, konnte sie nicht mehr anbieten als ein paar vermutete Wörter und Sätze. Es wurde jedoch bald klar, daß zumindest eine ihrer Mutmaßungen zutraf, denn Francis hatte die Zelle kaum verlassen, als sie alle das Instrument in Thomas' Händen sahen.

»Ja, das ist eine Flöte«, sagte George. »Aber warum regen sie sich deswegen alle so auf?«

Sie verfolgten gebannt, wie Thomas zuerst das Mädchen und dann den anderen Mann befreite, um sich dann mit übereinandergeschlagenen Beinen vor der Zellentür am Boden niederzulassen und die Flöte an die Lippen zu heben. Aus Faszination wurde völlige Fassungslosigkeit, als das Bild plötzlich zur Seite rückte und ihnen Jane und die Elster zeigte, die sich niederkauerten und die Finger in die Ohren stopften.

Ein, zwei Minuten lang geschah nichts, dann sahen sie die Zellentür aufgehen und Captain Arnold auf den Stufen stehen. Seine Lippen bewegten sich.

»Kommt herauf, ihr drei!« sagte Mrs. Huddlestone deutlich.

Sie sahen den Captain sich zur Seite drehen und offenbar mit jemandem sprechen, den sie nicht sehen konnten. Mrs. Huddlestone begann sich dafür zu entschuldigen, daß sie nicht ablesen könne, was er sagte, als die ganze Oberfläche des Bildschirms zu beben begann, so, als betrachteten sie ihn durch Hitzeflimmern. Gleichzeitig schien die Gestalt des Captains vom Positiv ins Negativ zu zucken, als hätten alle Schatten und Lichter plötzlich Platz getauscht. Der Schirm selbst wurde blendend hell und danach fast völlig schwarz, wenngleich sie die undeutliche Gestalt des Captains unter der Tür noch immer erkennen konnten. Während sie ihn anstarrten, schien der Mann langsam in den Knien einzuknicken und sank zu Boden.

»Was geht da vor, Peter?«

»Ich bin völlig überfragt«, sagte Klorner. »Aber wir empfangen starke PK-Spuren. Aber nichts, was der Torus nicht aushielte.«

»Das gefällt mir nicht«, sagte Rachel. »Sind Sie sicher, daß es mit Mike gut steht?«

»Nirgends wird etwas Ungewöhnliches registriert«, versicherte ihr Kenneth.

»Warum ist der Schirm dann so dunkel geworden?«

»Das muß mit der körperlichen Wahrnehmung der Kontaktperson selbst zusammenhängen«, sagte George. »Ja, sehen Sie. Er wird wieder hell.«

Während seiner Worte hellte sich der Schirm auf, erlangte normale Leuchtstärke, und das Bild drehte sich herum. Sie sahen die zwei kauernden Gestalten aufstehen und zu den Stufen gehen. Als die Szene auf Thomas' Blick von der Wachstube umschwenkte, sagte Ian: »Ich bin ziemlich sicher, daß die beiden am Kamin diejenigen sind, die sie gefangengenommen haben, Doc.«

»Was ist los mit ihnen?« fragte George. »Sind sie betrunken?«

Niemand war in der Lage, ihn aufzuklären. Sie beobachteten, wie Jane und die Elster Francis wieder zu sich brachten, aber was zwischen ihnen gesprochen wurde, war zu weit entfernt, als daß Mrs. Huddlestone es hätte erkennen können. Plötzlich sprang die Tür auf, und ein anderer Soldat schritt herein. Augenblicklich fand auf dem Bildschirm dieselbe außergewöhnliche Umwandlung statt. Diesmal dauerte sie weniger als eine Minute. Als das Bild klar wurde, sahen sie, daß eine zweite Gestalt aus den Schatten getreten war. Gekleidet in eine graue Mönchskutte, stand sie unter der Tür, und in den Händen hielt sie, was nach einer Armbrust aussah. Sie war direkt auf sie gerichtet.

Thomas hörte den kalten Befehl, mit dem Spiel aufzuhören, hob den Kopf und sah sich direkt in die Kralle starren, die Bruder Andrew auf ihn gerichtet hielt. Der fünfte Falke stand bereits so still, als sei er zu Stein geworden.

»Befreit sie von dem Zauber, Magier.«

»Das sind Eure Vögel, Priester, nicht die meinen. 's ist Eure Sache, sie nach Hause zu rufen.«

Der Mönch trat noch einen Schritt in den Raum und entdeckte Francis.

»So, so«, sagte er. »Ich hätte mir denken können, was Euch nach Blackdown geführt hat. Euer Herr hat seine Bezeichnungen nie unüberlegt gewählt.«

Francis starrte ihn verständnislos an.

»Bezeichnungen?« wiederholte er. »Ich verstehe nicht.«

»Nein? Dann laßt Euch aufklären. Constant hat an den Bericht, den Ihr ihm aus Cumberland geschickt habt, ein einziges Wort geschrieben. *Apostata!*« Das Wort tropfte wie Gift von den Lippen des Mönches und zischte in die dunklen Ecken des Raumes. »Ihr habt Euch wahrlich für viel zu verantworten, Francis.«

»Das mag sein«, gab Francis ruhig zurück. »Aber nicht vor Euch oder Lord Simon.«

»Wir werden sehen. Wir werden sehen«, sagte der Mönch. »Das sind Freunde von Euch, nehme ich an.«

»Das sind sie.«

»Teufelsbrut!«

»Nein, Andrew, so wahr Christus unser Richter ist, Ihr tut ihnen zutiefst unrecht.«

»So? Wie erklärt Ihr, wenn ich fragen darf, dann das hier?« Der Mönch zeigte mit seiner Armbrust auf die hypnotisierten Falken. »Ist das nicht das Werk des Teufels, Francis? Oder hat er Euch eine andere plausible Erklärung geboten?«

»Der einzige Teufel hier steckt in Euch, Andrew. Eure heilige Mission ist nur ein Ausgleich für Eure eigene Behinderung.«

Die Lippen des Mönches preßten sich zu einer dünnen, blassen Linie zusammen.

»Ah, dafür werdet Ihr teuer bezahlen, Francis«, flüsterte er.

»Fürchtet Ihr die Wahrheit so sehr, Bruder? Blickt in Euer eigenes Herz, Mann. Was nährt es, wenn nicht die krankhafte Freude, die

Ihr daraus gewinnt, den Unschuldigen Schmerz zuzufügen?«

Der Mönch begann zu zittern, als sei er plötzlich von der Zitterlähmung befallen.

»Nehmt Euch in acht«, stieß er hervor. »Nehmt Euch in acht.«

Aber Francis war unerbittlich.

»Ihr seid krank, Andrew. Todkrank. Die Pest tobt in Euch, nicht in der Bruderschaft. Könnt Ihr nicht sehen, daß Ihr selbst es seid, den Ihr zerstören wollt?«

Das Gesicht des Mönches verzerrte sich zu einer wahrhaft schrekkenerregenden Grimasse puren Hasses. Er richtete seine Armbrust auf Francis, drehte sich halb herum, während sich die Finger am Abzug weiß verfärbten. Es gab ein scharfes, metallisches Flirren, ein Zucken wie von einem schwarzen Faden in der Luft, und Jane schrie entsetzt auf. Bevor irgend jemand sich bewegen konnte, hatte die Elster sich durch den Raum katapultiert, hechtete dem Mönch entgegen, prallte gegen seine Schenkel und riß ihn zu Boden. Im Schatten blinkte kurz ein Messer auf, ein kurzes, ersticktes Husten, dann nichts mehr.

Francis raffte sich auf, fand sich wieder im Vollbesitz seiner Kräfte und wandte sich Thomas zu. Er sah, daß er an der Mauer lehnte, Jane neben sich. Seine Augen waren geschlossen, seine rechte Hand auf die linke Brustseite gepreßt.

»Seid Ihr verletzt, Thomas?«

»Aye. Sehr. Ich fürchte, er hat eben das Amen unter ein Gebet gesetzt, das er in Newbury verfaßte.«

»Dafür schmort seine schwarze Seele in der Hölle«, sagte die Elster. »Wir bringen Euch aufs Schiff, Thomas, und verarzten Euch dort.«

»Mir hilft nichts mehr, Freund. Ich wage den Bolzen nicht herauszuziehen.« Thomas ächzte in plötzlicher, reißender Qual und stöhnte: »Ah, Jane, Liebste. Ist es doch dazu gekommen?«

»Nein, nein«, flüsterte sie leidenschaftlich. »Carver wird dich retten, Thomas. Laß mich nur zu ihm.«

Thomas ließ den gefiederten Schaft los, starrte wehmütig auf seine blutbefleckten Finger und murmelte: »Euer Messer, Elster.«

»Nein, Mann!« Die Elster war entsetzt. »Das kann ich nicht. Bittet mich nicht darum!«

»In dieser Schulter«, keuchte Thomas. »Da ist das Testament eingenäht. Schnell, Mann! Schneidet auf!«

Die Elster trat näher und zog die Messerspitze an den wachsverstärkten Fäden entlang, bis die Naht an der Schulter des Lederkollers aufplatzte. Thomas griff hinein und zog mit blutroten Fingern ein flaches Päckchen in Ölhaut heraus. Sein Blick suchte Francis.

»Eilt mit Jane nach Corlay«, keuchte er und drückte dem Priester das Päckchen in die Hand. »Nehmt Toms Flöte und das Testament und bewacht alle drei mit Eurem Leben. Fort jetzt mit Euch allen.«

»Ich gehe nicht!« rief Jane. »Du kannst mich nicht zwingen!«

Thomas' Lebenskraft verrann rasch, die Farbe wich deutlich aus seinen Zügen, als er seine schmerzdunklen Augen ihr zuwandte.

»Hast du es nicht durch *Huesh* gesehen, kleine Hexe?« flüsterte er mit dem Anflug eines Lächelns. »Was sein wird, wird sein.«

Sie nahm sein Gesicht zwischen ihre Hände.

»Alles, worum ich dich anflehe, ist, daß ich versuchen darf, ihn zu erreichen«, stieß sie hervor. »Oh, meine Liebe, meine einzige Liebe, laß es mich versuchen.«

Thomas blickte hinab in das Gesicht, das ihm so viel bedeutete, sah durch die rasch herabsinkenden Schatten, daß ihre Augen in Tränen schwammen, und sah sich nicht imstande, ihr irgend etwas zu verweigern. Er nickte.

»Helft mir, Freunde«, murmelte er. »Legt meinen Kopf in ihren Schoß.«

Francis und die Elster brachten es gemeinsam zuwege und erschraken zutiefst, als sie sahen, wie das Gesicht des Bruders vor Schmerz aschgrau wurde.

Jane strich das feuchte Haar von einer Stirn zurück, die vom kalten Tau des nahenden Todes schon eisig war, beugte sich über ihn und schrie mit aller Kraft ihres gequälten Geistes in die schattenhaften Tiefen: *Hilf uns, Michael! Hilf uns! Laß ihn nicht sterben!*

In der Station war es so still, daß das leise Summen des Video-Recorders beinahe unerträglich aufdringlich war, als der EOU-Schirm sich mit dem leuchtend hellen Abbild von Janes Gesicht füllte, und die vom Staunen überwältigten Beobachter sahen sich beinahe unmerklich hinaufgezogen in ihre Augen. Als die Pupillen immer größer und leuchtender wurden, schrie Rachel plötzlich auf: »Haltet sie auf! Haltet sie auf!«, riß sich los und stolperte hinaus in die Intensivstation, wo Michael lag, und warf sich auf den bewußtlosen Michael, stöhnend: »Nicht, Mike! Nicht! Nicht!«

Binnen einer Sekunde war die Oberfläche des Schirmes zu einem langsam kreisenden Wirbel geworden, der sich vertiefte und verdunkelte, bis er hinauf- und hinausgriff – ein unheimlicher, endloser Tunnel wandernder Schatten, zwischen denen man schwache Lichtpunkte wie ferne Sterne in einem fremden, weit entlegenen Himmel leuchten sehen konnte. Um diese Punkte schienen sich wabernde Gebilde wolkenhafter Schatten zu verdichten, gebildet und aufgelöst wie Gestalten in einem Fiebertraum: Gesichter wurden Tiere wurden Berge wurden Burgen wurden Schiffe wurden Vögel, aber nichts behielt seine Form länger als einen Augenblick. Sie bildeten sich immer wieder neu, ohne erkennbaren Sinn, ohne wahre Greifbarkeit, und trieben vorbei und davon wie wirre Fetzen dunklen Nebels.

Endlich hörte jede Empfindung von Bewegtheit auf; das Licht trübte sich zu fast völliger Schwärze, mit Ausnahme eines winzigen, nadelkopfgroßen Lichts, weit oben in der rechten Ecke des Schirmes. Die Stille wurde zu einem schwangeren Augenblick bebender, schwankender Unentschlossenheit, dann flackerten sie, schnell wie zuckende Fische, auf den einzelnen Lichtpunkt zu. Einen Augenblick später stöhnten alle gemeinsam auf, als die Zuschauer in den Tiefen des Bildschirms eine nebelhafte Form sich in das geisterhafte Gesicht eben jenes Mannes verwandeln sahen, der in diesem Augenblick bewußtlos im Nebenzimmer lag.

Michael? Michael?
Rachel?
Hilf uns, Michael! Hilf uns!
Du bist nicht Rachel.
Doch! Doch!
Du bist die Braut der Zeit.
Rette ihn, Michael. Laß ihn nicht sterben.
Ich kann ihn nicht retten.
Du kannst. Du hast es schon einmal getan.
Da konnte ich nicht anders. Der Vogel ...
Oh, Michael, du mußt helfen. Ich brauche ihn so.
Du hast ihn schon.
Ich brauche ihn lebend.
Er ist in ihr lebendig.
Nein, nein. Nicht so.

Er ist in dem Kind. Ich habe getan, was ich tun mußte.
Ich liebe ihn, Michael.
Ich weiß.
Muß er sterben?
Wir müssen alle sterben. Sogar du.
Und du?
Stille. Dunkelheit. Ihr Herz blutete wie eine Wunde.

Thomas' Lider zuckten wie müde Schwingen. Überwältigt von Verzweiflung, ließ Jane die Stirn sinken, bis sie die seine berührte. Durch ihr Schluchzen hörte sie ihn schwach flüstern: »Nein, Liebste, es ist recht, daß wir ihn lassen. Wir schulden ihm einen Tod. Ich will ihn jetzt nicht betrügen.« Er schauderte krampfhaft in ihren Armen, öffnete ein letztes Mal die Augen und murmelte: »Süße Braut ... Unser Lied ist verklungen.« Dann lag er still.

16

An diesem Abend, zehn Minuten nach sieben Uhr, öffnete Michael Carver die Augen und sah Rachel über sich gebeugt. In diesem Augenblick füllte sich der EOU-Schirm im Nebenraum mit dem Bild ihres Gesichts.

»Mike?«

Der Schirm flackerte, und einen verwirrenden Augenblick lang schien Rachels Gesicht mit dem von Jane zu verschmelzen, dann wurde es wieder zu ihrem eigenen.

»Mike?«

»Hallo«, flüsterte er. »Das bist wirklich du, nicht wahr? Wir haben es endlich geschafft.«

Sie bückte sich und küßte ihn auf den Mund. Gleichzeitig spürte sie, wie das Kind in ihrem Schoß sich heftig bewegte, und sie rief in plötzlich ekstatischer Freude: »O Gott, mein Gott, ich dachte, ich würde nie mehr erleben, daß du mich ansiehst!«

Die anderen kamen hereingedrängt und umstanden das Bett. Dr. Carver sah blinzelnd in ihre lächelnden Gesichter, bis ihm langsam dämmerte, daß er nicht auf dem Wagen im Labor lag. Er stemmte sich auf die Ellenbogen und gab einen Aufschrei von sich, als sich die Kanüle aus seinem Arm löste.

»Was, zum Teufel, geht hier vor?« sagte er heiser. »Wo bin ich?«

»In der Klinik«, sagte George. »Sie waren lange weg.«

»Wie lange?«

»Fast vierzehn Tage.«

»Vierzehn Tage!«

»Beinahe.«

»Mein Gott!«

»*Das* war eine AKE, wie?«

»Das wißt ihr?«

George wandte sich Peter zu.

»Mike«, sagte er, »ich möchte der erste sein, der Sie mit einem Genie bekannt macht – Peter Klorner.«

»Klorner? Von Stanford?«

»Freut mich, Doktor«, sagte Peter, streckte die Hand aus und schüttelte die des verwirrten Mannes. »Darf ich sagen, daß es ein einmaliges Erlebnis ist, einem echten Zeitreisenden persönlich zu begegnen.«

Michael starrte ihn an.

»Dann wissen Sie wirklich?«

»Sagen wir, wir wissen genug, um vom Rest manches erraten zu haben«, sagte Klorner. »Aber es gibt noch sehr viel, was Sie uns erzählen müssen.«

»Aber *wie* –«

»Wir haben Ihren AKE-Kontakt gefunden«, sagte George. »Wir haben alles auf Band genommen.«

»Auf Band? Ich verstehe nicht.«

»Erst, wenn Sie den EOU sehen.«

»EOU?«

»Enzephalo-Optik-Umwandler«, sagte Ian. »Unfaßbar, Doktor! Phantastisch!«

Mike ließ sich auf das Kissen zurückfallen und schloß die Augen.

»Wollt ihr mir erzählen, daß das wirklich alles geschehen ist? Daß es nicht nur ein unfaßbarer Y-Dopa-Trip war?«

»Alles, was wir haben, stammt von Ihren Z-Punkten«, sagte George. »Aber warten Sie, bis Sie das gesehen haben, Mike. Wenn das eine Y-Dopa-Halluzination ist, was ist dann die Wirklichkeit?«

»Ihr meint, ihr wißt von Jane? Und von der Bruderschaft? Von der Flut?«

»Wir haben manches zusammengefügt. Aber nicht viel.«

Der junge Assistenzarzt, der sich hinter den anderen herumgedrückt hatte, sagte: »Ich glaube, wir sollten ihm etwas Ruhe gönnen. Für mich sieht er ganz erledigt aus.«

Es gab allgemein reumütiges Gemurmel, und sie wichen alle vom Bett zurück, an dem Rachel allein zurückblieb.

Michael öffnete die gehetzten Augen und sah sie an.

»Wer, zum Teufel, bin ich also?« flüsterte er. »Weißt *du* es?«

»Du bist Mike Carver«, sagte sie. »Und ich liebe dich.«

Als die Regenwolken vom Hochmoor nach Osten davonzogen, hinterließen sie einen Himmelsstreifen, so klar wie goldener Wein. Der junge Napper stand am Ruder der ›Kingdome Come‹, blickte über die Schulter zurück zu den dunkelnden Bergen von Blackdown und hob die rechte Faust in einer zeitlosen Geste stummen Trotzes. Die Wellen schwappten an den krängenden Rumpf und stürzten als Gischt in sich zusammen. Die Kielspur wurde zu einer langen, schimmernden Linie, die immer weiter zurückreichte, bis sie schmolz und sich in den wandernden Strömungen des Kanals verlor. Der Junge atmete tief ein und begann eines der Lieder zu singen, die an Land anzustimmen nicht mehr ratsam war:

›Oh, weiße Schwingen, starke weiße Schwingen,
ihr tragt mein Herz nun übers Meer . . .‹

Seine frohe Stimme tönte hinunter in den Schiffsraum, wo sein Bruder Jonsey mit Francis und Jane zusammensaß.

»Er kann da draußen singen, soviel er will«, sagte Jonsey. »Wir haben Blackdown weit hinter uns.« Und er rief hinauf: »Wie ist der Himmel, Junge?«

»Schön und klar im Westen«, rief Napper.

»Das Glück scheint uns wieder hold zu sein«, meinte Jonsey. »Wir können uns an einen Stern halten, und wenn der Wind anhält, erreichen wir die Küste Frankreichs vielleicht schon in der Morgendämmerung.«

»Hört Ihr das, Jane?«

Jane nickte.

»Von St. Brieuc ist es nur ein Tagesritt bis Corlay«, sagte Francis.

»Ist es jetzt ungefährlich, an Deck zu gehen?« fragte sie.

»Aye«, sagte Jonsey. »Ihr habt nichts mehr zu fürchten.«

Sie zog den Umhang enger um sich und stieg hinauf. Als sie auf das Deck trat, grinste Napper sie an.

»Ihr seid klüger als die, Jane. Hier oben ist es frisch.«

»Dieses Lied«, sagte sie. »Singst du es noch einmal?«

»Welches?«

»›Weiße Schwingen‹.«

»Ah, Ihr kennt es, wie?«

Sie nickte.

»Dann singt es mit mir. Zwei klingen besser als einer. Kommt, setzt Euch zu mir.«

Sie schüttelte den Kopf.

»Ich kann nicht, Napper«, flüsterte sie. »Mein Herz ist zu wund. Sing du es, und ich höre zu.« Sie ging vorbei am knarrenden Mast und setzte sich auf das Netz, auf dem, ohne daß sie es wußte, ihr toter Geliebter gelegen hatte. Sie lehnte den schmerzenden Kopf an die Bordwand und murmelte: »Warum hast du mich nicht mitgenommen? Warum nicht? Warum nicht?«, und die Tränen, die sie nicht mehr in sich vermutet hatte, stiegen ihr brennend heiß in die Augen, während die klare Stimme des Jungen sang:

›Oh, weiße Schwingen, starke weiße Schwingen,
ihr tragt mein Herz nun übers Meer,
ihr tragt mein Herz hin zu den Bergen,
zu meiner wahren Liebe her.‹

In der zweiten Maiwoche begann ein Sturm von Norden zu blasen. Drei Tage und zwei Nächte lang heulte er durch die See von Dee in die Midland-Kluft, um kreischend über die weite Leere der Somersea hinauszufegen. Tief über den geduckten Mendips strömten ohne Unterbrechung die gepeitschten Wolken, während unter ihnen die Regenböen wie schwarze Peitschen schnalzten und von den Wellenkronen in Taunton Reach die Gischt mit Händen haschten. Sie flogen wie Vließbüschel, um zwischen den Dornen und Krummeichen von Blackdown zu landen, und fegten über die Seetangwälder der Küste von North Dorset.

Am Abend des dritten Tages rissen die Wolken auf, und als die Nacht hereinbrach, konnte man zwischen den Wolkenfetzen Sterne flimmern sehen. Später ging der Mond auf, und der Wind ließ plötzlich nach. Aber die See ging immer noch hoch, schwärzlich unter dem wechselnden Mondschein wogend und in den Höhlen von Quantock Isle schäumend.

Bei Tagesanbruch, als die Flut zurückwich, schlichen die Strandfledderer aus Tallon heran, um in dem hochgetürmten Tang und Treibgut an den kleinen Buchten nach Beute zu suchen. In einer felsigen Rinne, ›Die Kiefer‹ genannt, stießen sie auf die nackte, tangumhüllte Leiche eines Angehörigen der Bruderschaft. Er war seit Wochen tot, und der gesplitterte Stumpf eines Armbrustbolzens, der zwischen seinen Rippen hervorragte, bezeugte, wie er sein Ende gefunden hatte.

Wie sie es gewohnt waren, zerrten sie ihn zum Wasser hinunter und stießen ihn wieder in die willkürliche Strömung. Denn was kann jemand mit einem Ertrunkenen anfangen?